DU MÊME AUTEUR

Aux Éditions Gallimard

LES SAINTES, *roman*, 2013.

FABRICE GUÉNIER

ANN

roman

nrf

GALLIMARD

Emmène-moi dans le passé.

Il s'était ouvert les veines, on sait tout de suite que c'est ça.

Elle ? Une poupée pour y planter des aiguilles, des mots.

La coudre.

Ann, les cheveux bleus aux épaules, coupe *Lost in Translation*. Elle court le long de la mer.

Les bras bleus, les yeux bronzés.

Je me réveille.

Tu es morte.

C'est plat. C'est cru. C'est net.

Il n'y a pas eu d'envolées d'orgues ni de ciel d'orage. La campagne a continué de crépiter sous le ciel bleu, le riz de sécher, les poules de caqueter. Les enfants criaient dehors.

Le monde ne s'arrêtait pas. Toi seule partais.

Il y a l'instant d'avant et celui d'après. Et tous ceux qui vont suivre, à demi inutiles. À demi et plus.

Sur la cheminée de ma chambre, à Paris, quelques pétales rouges tombés d'une couronne, après la crémation, des photos, ton parfum. La feuille des horaires de bus Bangkok-Samrong Thap. Le cahier où tu notais soigneusement les médicaments que tu prenais quotidiennement.

Une robe de dentelle blanc cassé pend au mur, à côté d'un cardigan doux orangé.

J'ai avalé un sac de ciment. Pour l'instant, encore mouillé de larmes, mais qui se solidifiera.

J'ai avalé un sac de ciment.

Pour l'instant, il me noie, sous la forme d'une coulée de boue grise qui bloque, empêche la respiration. Du ciment trempé de larmes. Mais je sais qu'il séchera, durcira. Me tapissera intérieurement pour longtemps.

Je suis vivant et tu es morte.

Tu ne chanteras plus *White Flag*, assise au bord du lit, pendant que je te regarde. Toute la chanson.

> *Je suis amoureuse et je le serai toujours*
> *Je comprends, si tu ne peux plus me parler encore*
> *Je sais que j'ai laissé trop de désordre*

Tu ne chanteras plus tant de choses.

« Une respiration après l'autre, Joyce. Une respiration après l'autre », dit le livre que je lis.

Le mot *promenade* fait pleurer. Les mots : *ta main*. Chaque robe que tu aurais pu porter.

Les mots : *lumière, danse, bras, chambre*. Des milliers de mots.

Un plein dictionnaire à oublier.

Les mots font pleurer plus que les images. Sur les images tu es là. Je te vois.

De nous deux, il n'y a plus que moi qui pense à toi.

Toi tu t'es sans doute déjà oubliée. Tu m'as laissé avec toi à porter, avec des bribes de toi, ni vivantes ni mortes. Des souvenirs, des images.

On ne joue pas et pourtant rien n'a l'air réel.

Une réalité qui prend toute la place, sans en occuper aucune.

Une réalité détachée et entière qui ne laisse place à aucune autre.

Cette réalité porte un nom : tu es morte.

Les gens disent : décédée, partie, disparue. Je dis : morte. Il me semble que je te dois cette brutalité qui n'est que le constat de la brutalité qui t'a été faite. De cette brutalité qui m'est faite.

Je regarde les images de cet été, où tu dansais, comme toujours, pour rien, comme toujours, à l'écoute d'un vent perpétuel et musical qui te traversait.

Sur les films, je retrouve ta voix : « *What are you doing, baby?* »

Peut-on à cinquante ans passés se sentir l'orphelin d'une gamine de vingt-trois ans?

La mort n'est pas le mystère.

Le mystère c'est la vie qui continue. Le mystère c'est, *comment?*

Chaque jour est un jour où tu es morte. Je suis devenu la veuve d'un marin disparu en mer.

Tu n'existes plus que rangée dans mon imagination ou dans un gilet doux, encore imprégné de ton parfum que je respire, la nuit.

On va bientôt quitter novembre. Un mois dont tu as encore fait partie. Bientôt on quittera 2013. Une année dont tu as fait partie.

Les jours vont nous éloigner.

Moi je voulais rester dans ton parfum, ton sourire. Dans tes armoires, tes tiroirs, tes mots, tes bras, ta vie. Ton amour si facile.

Je t'ai photographiée dès la première heure, dès la première chambre.

J'ai capturé tes yeux, tes robes, tes mimiques, tes bracelets, le moindre de tes gestes. Ton sommeil, le matin. Tes barrettes, tes tenues, tes cachets.

Maintenant, je dors avec ton fantôme.

Je m'en couvre le visage.

Je te cherche dans l'odeur d'un vêtement qui dort avec moi, comme un chien qui renifle dans la nuit, pour retrouver l'essence de nos nuits comptées.

Ces nuits dont nous pensions qu'elles dureraient toujours.

Je rêve de toi souvent.

Entre des murs ocre et un couvre-lit rose, tu chantonnes dans la chambre, ou tu me parles, sur le lit, penchée sur moi. Tes cheveux encore humides sentent le shampoing.

Une odeur d'avenir, de refuge et d'éternité.

Fermer les yeux, enfouir ma tête dans le creux de ton cou, dans ton gazouillement.

We were runnin' against the wind.

Dans un carnage de miroirs.

LES ANNÉES ANN

Quelquefois, quelques nuits, l'alcool et l'heure aidant, j'avais pleuré dans ses bras, sans raison, lui parlant, la tête au creux de son épaule, sa main douce sur ma nuque comme si je devinais que tout ça ne durerait pas.

Les années Ann.

Ça sonnait comme une promenade. Villégiature. Des ombres fraîches, la ville baignée de sel et de soleil, la mer verte. Une balade.

La ballade d'Ann.

01

J'ai eu un sort sans sœurs, alors je cherche.

Je pars, je sors, je cherche, je trouve : Ice, Joy, Nuy, Kae, Ara.

Une litanie de prénoms, de sourires et de gestes allégeants.

De gestes d'allégeance.

Des histoires d'amour : Ann.

La nuit grave, au-dessus, semée d'éphémères au sol, en minirobes de Cendrillon, dans des rues grillagées de néons, de bruit, de cris.

Les ciseaux des jambes. L'arc des bras. Une guerre légère tous azimuts, Azincourt et Gomorrhe, dans les ruelles en rivière de miel, de roses, de jaunes ; au milieu de filles aux ailes nues – gracieuses, joueuses, électriques. Peaux sablées. Stilettos. Hiéroglyphes.

Ann : trois lettres d'un prénom.

Trois lettres c'est pas beaucoup – elles voyagent léger.

Trois lettres.

Trois clous brûlants.

Trois lettres qui emplissent à peine la bouche d'un soupir : *Ann*.

Les mains de Lascaux sur des murs de pierre : « Tu es Pierre… » et sur ces trois lettres on peut faire des chapelles. Mettre des cierges. Les cierges brûlent, c'est leur boulot.

Flottent.

Fondent.

Dans les chapelles de nos petites vies en ruine.

Trois lettres comme trois griffes. Des pattes de passereaux qui se posent.

Quelques bâtons dans la poussière.

Trois griffes sur nos fronts.

Parce que « *les David nous touchent toujours au front* », avec leurs frondes légères, leurs pieds noirauds ; la taille ceinte d'un morceau de tissu et les trois lettres de leurs prénoms de petites sœurs du hasard et de la nécessité.

Petites marchandes de chemins.

Anges gauches, follettes mutiques, poses de garçon, moues rieuses.

Des vies de chasseur-cueilleur, des yeux sans fond, les dents laquées, blanches et cette gaieté qu'elles couronnent de leurs bras. Cils charleston, regards hypnagogiques.

— *Vous aimez les femmes ?*

— *Lorsqu'elles sont belles.*

— *C'est ce que je voulais dire.*

Camus, *La mort heureuse*.

N'avoir trouvé d'accord qu'à l'écart.
Loin.
Le plus loin possible des regards. Le plus loin possible des jugements.
À l'écart. Le plus loin possible dans le temps et dans l'espace. D'autres années, un autre calendrier, une autre ville. D'autres rêves, pensées, sous un autre front. Lisse. Une autre morale.
Avoir trouvé.
Et trouver qu'on a de la chance. La dernière, la meilleure.
La dernière peut-être.
La meilleure.
Celle d'aujourd'hui.
Au milieu de la nuit, dire merci. Dans la chambre trop petite, sans fenêtre, se dire merci d'être là. Merci qu'elle soit là. Merci de s'être trouvés dans la nuit. Non prévus, inconnus, démunis.

Des images :
sa manière
de garder mes mains nouées sur son ventre.

de se mettre, de dos
contre moi
pour nouer mes bras autour d'elle
en bouclier tiède
en bouclier trop petit.

Garder le monde à plat dans des carnets, sur des photos. Il tient dans la main.

Des images :

« *I have to take care of my body* », dans le lit elle se redresse, un coude sur l'oreiller, tend la main vers un stick de baume à lèvres.

Talc, poudres, onguents. Coiffure. Égards. Sa richesse, sa vie. Son instrument de travail : Stradivarius, machine-outil, gagne-pain, politesse envers elle-même. Comme vous voudrez.

C'était tout ça.

Des images, dans la chambre : le ronflement de la bouilloire pendant qu'elle dort, les bras autour d'un oreiller. Je me levais – la cuiller dans le café et deux sachets de sucre. Ouvrir le carnet. La regarder dormir.

La première cigarette. La chambre est sombre, aux rideaux tirés, le bureau à peine éclairé par la lampe baissée. Les deux verres d'hier sont posés au pied du lit sur le carton retourné qui sert de table de chevet.

Dehors, il est midi.

Tourner les pages, changer des mots : mettre des chiens au bord de la route, remplacer du lino par du carrelage, poser un miroir, entrouvrir une fenêtre au matin ou sous un ciel délavé décoiffer un carré de cheveux.

Trier les souvenirs.

S'arrêter. La border, remonter le drap sur ses épaules. Écrire jusqu'à ce que quelque chose arrive, même si souvent rien n'arrive.

Quelquefois, le soir, elle se penchait sur mon épaule. Reconnaissait un mot en anglais ou dans sa langue, riait. Ou bien je traduisais une ligne qui parlait de : « ce goût de prendre des clichés de gens désespérés, de préférence, et de ponts métalliques ».

« *Why baby?* »

Elle n'avait pas de nez, un profil dessiné d'une courbe simple et précise, découpée par la lampe.

Quand le soir venait, on avait fait un peu. Dans la cour, on entendait le bruit des scooters des filles qui partaient travailler. Le crissement du gravier dans la nuit.

Trois années. Noter goutte à goutte sur le carnet, petite fabrique d'icônes. Des carnets entiers d'elle.

La ballade d'Ann.

Elle me racontait.

Son père qui voulait la tuer. La jungle autour de son école, les serpents, la rivière. Ses amours de collège, le beau-père, les fantômes et son enfant donné, les malédictions.

On était sur la terre, entre les pages d'un livre de *Contes et légendes*. De la poussière, un destin. De la lumière entre chaque page.

Elle me racontait :

Son père qui voulait la tuer quand il avait trop bu. À deux ans, sa mère l'avait confiée à une tante qui l'avait élevée. Elle aidait à tenir la maison, « *I was Cindirella...* ». Puis séparée du père, la mère l'avait récupérée, vers huit ans, pour qu'elle vienne travailler avec elle à la poissonnerie industrielle. Ses doigts avaient la bonne taille pour décortiquer les crevettes. Elle y allait, après l'école ou pendant les vacances. Gagnait deux euros par jour.

Elle me racontait le petit frère qui se faufilait, la nuit, pour venir se blottir contre ses jambes.

Elle me racontait l'école, ce premier amoureux timide, qu'on avait retrouvé noyé, des années plus tard, parce qu'il avait vu quelque chose qu'il n'aurait pas dû voir.

Elle me racontait les arbres autour de la maison. «*Lemon trees*», le jardin, les légumes, les bambous. L'oncle qui coupait des arbres pour en faire des bateaux.

Elle me racontait la rivière à sec en été. Les poissons-chats enfouis dans la vase, qui piquaient la plante des pieds. Les eaux gonflées, vert bronze, qui débordaient à la saison des pluies, où un crocodile s'était égaré. Les serpents, les sangsues et les crabes de rizières que les enfants chassaient.

Elle m'avait décrit cette rare photo d'elle enfant, qui avait disparu depuis longtemps. «*Mais, je me souviens…*», petite, chocolat, en robe semée de fleurs, sous le soleil.

Elle me racontait le beau-père qui la rejoignait dans son lit, posait ses mains sèches de paysan sur son cou, les descendait sur ses épaules, le bas de son dos. Elle se laissait glisser sur le carrelage. Elle avait onze ans.

Elle me racontait l'école buissonnière, les premières bières avec ses amies, à treize ans. Les garçons observés à travers les claies de bambou de la petite boutique qui les accueillaient après l'école.

Elle me racontait les femmes qui filaient la soie. Me décrivant les œufs noirs, bruns, des vers qu'on disposait dans de grands plateaux tressés, qu'on protégeait des mouches, qu'on rangeait dans des tiroirs – «*Tic, tic!*» : des mimiques; les cocons jaune vif : «*Suay…*» – c'était beau. Elle faisait le geste d'enrouler un fil infini autour d'une quenouille, «*200 meters!*». Elle m'expliquait les baies noires dans le jardin, qu'on cueille pour teindre la soie.

Elle me racontait cette vieille tante qui avait des pouvoirs. Les petites cachées dans une remise à paille qui jouaient à l'imiter, dans les rais de soleil, roulant des yeux écarquillés, tournant la tête en tous sens, les mains jointes. Un pouvoir qu'elle transmettrait à sa fille avant de mourir.

Elle me racontait cette pièce dans une maison voisine, où les enfants ne pouvaient pas entrer. Des fantômes y avaient pris un bébé, qu'on avait retrouvé au matin, les yeux révulsés, les mains tordues. Depuis, quelqu'un y marchait la nuit.

Elle me racontait la bourse qu'elle avait obtenue pour aller au collège.

Elle me racontait son viol à quatorze ans sur la banquette arrière d'une voiture, par un policier, ami de la famille, à qui on voulait la marier. Le petit frère qui dormait sur le siège avant. Sa famille qui ne l'avait pas crue. Elle avait voulu se noyer.

Elle me racontait son arrivée ici, finalement, à seize ans, quand la mère avait perdu son travail.

Les premiers bars, les premiers hôtels. La mama-san qu'elle adorait. Son énergie au travail. La petite chaîne porte-bonheur qui tintait à sa cheville. «*Ding, ding! I was the best! Running in the street to catch customer. Go in room, go down. Quick, quick! Just time to have shower… Crazy!*»

Elle me raconterait d'autres fantômes. Plus tard.

Apparus une nuit, dans sa chambre au-dessus du bar.

Quatre fantômes, assis sur son lit. Il y avait le papa, la maman et deux bébés avec un ours en peluche. Ils voulaient lui donner l'un des enfants, le plus petit. La mère avait attrapé Ann, serrant sa gorge. Le père poussait le bébé entre ses jambes en murmurant : « Bouddha veut. » Elle ne pouvait plus bouger. Ils étaient revenus pendant trois nuits.

Neuf mois plus tard, Jimmy était né – petit nom : Amy. D'une courte histoire avec un étudiant italien de Bangkok. Elle lui avait dit qu'il ne devait pas s'en préoccuper, qu'il fallait qu'il poursuive ses études. Il était parti. L'enfant était resté. La prunelle de ses yeux.

Elle avait dix-sept ans.

Deux ans plus tard, elle avait eu une fille. Avec Justin, cardiologue de Chicago, riche, marié, fêtard. Il venait souvent, voulait qu'elle parte avec lui aux États-Unis. L'installer dans un studio. Qu'elle fasse des études d'infirmière, travaille dans son hôpital. Elle ne voulait pas quitter son pays : « ... là-bas on mange mal, je n'aurai pas d'amies, et il fait froid ». Quand elle était tombée enceinte, il avait disparu.

Elle s'était débrouillée, avait fait face. Quand elle avait accouché, il était revenu. Trop tard.

Ann avait donné l'enfant à une grand-tante éloignée, qui ne pouvait pas en avoir. Elle avait fait les papiers. S'était retirée.

La fillette n'habitait qu'à quelques kilomètres du village familial. Elle avait quatre ans à présent.

Plus tard, le lendemain de la crémation, j'apprendrais que cette tante était là, la veille, avec la petite. J'apprendrais son nom – Maprang.

Maprang : petite mangue.
Et j'irais pleurer un peu plus loin.

La ballade d'Ann.

J'aimais l'écouter.

En anglais, elle parlait à sa façon, dans un débit pressé, à la fois appliquée et en roue libre. Un train de mots les uns derrière les autres, sans intonations – ni montées ni descentes. Un train qui filait. Elle répétait plusieurs fois la même histoire, à voix neutre. Un train d'enfant, comme un huit qui reprenait le même parcours sans fin, faisait le tour de la chambre.

Quand elle parlait au téléphone, on savait à qui – une voix d'actrice, une voix par personne : pour sa mère, son frère, chaque amie, son fils. Une voix qui jouait : « *Aya ! Né, né, né...* », les « *Khaaa...* » traînés, les voyelles aspirées – sa main qui volait. Dans sa langue, le train prenait la campagne, modulait, descendait des pentes en babillant, remontait sur des lacets de montagne en expirant, s'emballant, avalant les syllabes. Beaucoup de A. Un flot vif, expressif. Ça raccrochait sans qu'on sache. Elle n'avait pas de mot pour dire au revoir. Comme tout le monde ici.

Souvent elle laissait sonner, jamais pressée de répondre. Une musique gaie résonnait, « *Loving you too much, so much, very much right now...* », ou un air local. Ça clignotait comme un sapin posé au creux du lit.

J'aimais la regarder.

Assise au bord du lit, quand elle allumait la télé pour regarder *Détective Conan* – « *So cute !* » –, ou *Tom et Jerry*.

La voir sautiller sur place derrière le rideau de la douche qui donnait dans la chambre, pour atteindre le thermostat réglé trop chaud – fixé trop haut.

La regarder, en fin d'après-midi, sur la promenade le long de la plage. Le vert de la mer, le ciel autour d'elle.

Cardigan orange et jupe patineuse.

C'était l'été. Dansant, les paumes recourbées vers le ciel, dessinant un rond avec le pouce et l'index, frange longue dans les yeux. Petit Poulbot toujours de bonne humeur.

Ayayaaa
I am your butterfly
I need your protection
Be my samurai

J'aimais la regarder se préparer pour sortir, le soir. Penchée sur la glace. Elle porte une robe couleur pensée – qui peut donc être de n'importe quelle couleur, mais éclatante. À quoi pense-t-elle ?

Elle pose du talc sur ses joues.

L'étale.

Un dégradé de rouge avec un crayon qu'elle passe sur ses lèvres, puis estompe du bout des doigts par petites touches légères.

Prend les bracelets posés sur le lit. Des pierres transparentes, une verroterie rose pâle et bleue. Une montre blanche avec un bracelet large, plat.

Elle enfile les bracelets. Les dispose autour de ses poignets.

Change.

Le bleu d'abord.

Frappe le bracelet de sa montre-gadget sur son autre poignet dans le claquement du plastique qui se referme.

Au cadran de sa montre, il est onze heures. Elle boit une gorgée du whisky-soda posé sur la desserte, puis se penche à nouveau sur son reflet pour arranger une mèche longue qui retombe sur son front. Tourne la tête, me voit la regarder. Sourit : « *What are you doing, baby?* »

Trois années. Des images.

Quand elle changeait de chaussures dans la rue. Tongs blanches contre talons.

En équilibre sur une jambe, l'autre pliée. Une main sur mon épaule. Les néons dans le ciel et le bruit des taxis qui défilaient. Elle s'accroupissait pour nouer les brides blanches de talons qui la perchaient.

Traverser. Descendre la ruelle étroite, mal éclairée encore, avec au fond la rumeur des lumières brodées d'éclats de rire et la foule comme une rivière dans la fumée, la musique.

Trois années. Des carnets entiers d'elle.

Réparer l'usé, elle faisait ça.

Rendre l'âme.

Elle faisait ça.

Avec ses doigts fins, ses épaules étroites. Avec son mètre cinquante-deux de sourires. Avec de la musique dans chaque geste. Avec des mots, des mimiques qui font rire. Avec des attentes essentielles, des objectifs précis, avec 24 h de visibilité.

02

Quand je rentrais seul à Paris, je l'emmenais. On visitait la ville, ensuite je lui racontais par mail.

Des années Ann Paris.

Je l'emmenais dans les rues. On était montés sur la tour Eiffel, on avait pris les bateaux-bus devant Notre-Dame. Des chapelles, des cimetières, des musées, Montmartre, le canal Saint-Martin, les librairies de Saint-Germain. Le train à Saint-Lazare pour lui montrer là où j'avais grandi : ma banlieue, Puteaux, l'école rouge, le marché. Le soir, des bars : le Piano Vache ou la Flèche d'Or, pour la musique. Des cafés sans nom vers Belleville, pour manger thaï, ou Vitry, le 13ᵉ, la dalle des Olympiades. Des taxis pour rentrer, ou à pied quand la nuit était douce.

C'était le début de l'automne, octobre, il faisait encore beau.

Quelquefois, j'imaginais une amie avec elle, pour qu'elles puissent parler ensemble, rire de tout. Deux souris dans la ville haussmannienne, sous les façades beiges.

Je ne savais pas trop comment l'habiller. J'empruntais au hasard des vitrines. Un imper court serré à la taille, des collants noirs, un kilt rouge, pas trop long, de Chaperon rouge dans les rues grises, des babies rouge cerise aussi, une écharpe de laine, si étrangère pour elle.

Je gardais ses SMS :

Hi baby,

I have received your money today, about 11,600 baht. Thank you baby.

I'm mao everyday. I miss you everyday. I gonna go work soon. Love you teerak. »

(11 600 bahts = 250 euros. «*Mao everyday*», je suis saoule tous les jours, « *Teerak* » : chéri.)

Carnet – « *C'est un détail de payer. Un détail important et compliqué, mais un détail. Une plaie ouverte, mais propre. Quelque chose qui souligne notre isolement ontologique.*

Ça s'affiche. C'est brutal. C'est visible.

Il faudra passer par-dessus cet obstacle. L'un comme l'autre. Ne pas lui accorder trop d'importance.

C'est une grille.

L'homme abdique et paie. La fille abdique et se vend.

Chacun s'abaissant, cessant de prétendre. Se soumettant. Et sur cette soumission on peut, peut-être, bâtir. Sur cette humilité.

L'argent / les sentiments – pourquoi pas ? Quand il y a : besoin.

Rien n'est sale, ou tout l'est.

Les robes tournent. Les sourires. Elles donnent. On donne.

Il s'agit d'accueillir : une compréhension sensible, bienveillante et réciproque du besoin de l'autre tel qu'il est. Qu'on peut appeler amour ? »

Je gardais ses SMS :

« *Good morning baby. Chaque matin quand je me réveille, c'est le moment de commencer à penser à toi. Jub jub. ;-)*

Ann »

(« *Jub jub* » : baisers.)

Si j'y réfléchissais, je l'avais déjà croisée il y avait longtemps : Anne 01.

Il me restait une photo. Même si je ne savais plus bien où, mais je l'avais regardée souvent.

Elle est assise sur un muret au-dessus de l'eau, un port sans doute. La Trinité-sur-Mer ou Quiberon. Pieds nus, les jambes d'un pantalon relevées sur ses mollets. Une jambe pliée, elle tient sa cheville, la tête penchée, le visage de trois quarts, les cheveux tirés en queue-de-cheval, comme si elle examinait une écorchure.

Anne 01, douze ans, j'en avais quinze – colonie de vacances –, rieuse et sérieuse en même temps, sage et drôle. Un peu plus avancée que les autres. Sûre d'elle.

Une photo qui parlait de ces rencontres qui existent longtemps avant d'arriver.

Un souvenir qui parlait de ce qui doit nous trouver, nous trouve.

Il n'y a rien à chercher.

Carnet – « *Paris/BKK. Voler. Les nuits seraient amour.*

Départ ce soir.

Retrouver le soleil, la vie ad hoc, laisser le toc, le pénible. Calme et sourires. Les heures, les rues.

Roissy. Voilà.

Enregistré, et déjà tout est plus calme, l'esprit s'apaise.

Ann m'attendait au bout de la piste allumée, au bout du ciel et d'une nuit.

Ann, demain.

À l'escale, dans la smoking room carcérale d'Abu Dhabi, on voyait déjà les transitaires : tatouages, solo, trente/quarante/soixante ans, bus direct BKK/Pattaya. Déjà en shorts, biceps, les trognes, l'attente et les plans dans la tête. Des accents à couper au couteau : "Fuck, smoke, buddy." *Les bières circulaient, apportées par des hôtesses en tee-shirt noir. Les cendriers débordaient de bouches édentées sur des paquets écrasés.*

Des mecs.

Les yeux rougis, un peu hagards du décalage. Des anneaux de marin aux oreilles. Des bras d'encre bleue.

Certains formaient de petits groupes. Ça discutait d'endroits, d'îles, de bouffe : Tim Bar, Koh Larn, Samet. Ils savaient. D'autres bières. Se grattaient le ventre sous des tee-shirts Guns N' Roses – Welcome To The Jungle *– informes, les bras battants : "Ben, ouais…", s'ouvrant, retombant. Un Irlandais aux bras couverts de damiers rouge lavasse m'avait parlé de Dublin, de la pluie, dans la fumée partout, des groupes se séparaient :* "Take care!", *paluches broyées.*

On y était déjà. La facilité des échanges, l'entente implicite sur le minimum. Ça toussait. Dans les toilettes, des carrures en débardeur se garaient devant les urinoirs métalliques, se rasaient au rasoir électrique. J'avais fini la bière qui me ferait dormir six heures encore. Dans le journal, Chris Marker était mort.

Gate 29 : c'était moi.

Les baies teintées donnaient sur le désert, les pistes et la tour de contrôle en forme de voile. Les hommes pianotaient sur leur iPad. Lady Gaga et Britney étaient en vente dans les bacs, la Syrie sur les écrans.

Les affiches HSBC disaient que cinq cent mille personnes volaient au même moment. »

Quand j'arrivais, elle m'attendait en robe fleurie, blanche, courte.

03

C'était décembre ou août. Mai ? Être là le plus souvent possible.

Six heures du soir, la pluie. La nuit descendait déjà. *The First Cut is the Deepest* dans la chambre. Passer des journées lisses, allongés, à ne rien faire. Amoureux. Le calme, l'air par la porte entrouverte, puisqu'il n'y avait pas de fenêtre.

Sur le lit, elle jouait à casser des briques pour empêcher les extraterrestres d'atterrir.

Sur le lit, Nabokov :

« Refusant le gambit, ignorant le gammiste, dédaignant la gamine » –, ça commençait comme ça ; ou : « Lucette habillée de vert vif : — Calme-toi, passion délirante. »

Amour le soir, comme un jouet.

Elle me regardait dans les yeux. Flexible. Collier Kitty. Débardeur noir. « *You're too much for me* », dans le silence scellé. Il était dix heures. On n'était pas sortis de la journée.

Ses boucles d'oreilles dorées. Une fleur sur une pince qui retenait ses cheveux, ses yeux qui se fendaient. Son profil en courbe de Bézier aux poignées rapprochées.

Les fins d'après-midi sur la plage, avec ou sans soleil, jouer à : *comment on se rencontrera dans une prochaine vie ?* À : *qui sera la fille ? le garçon ? le plus grand, la plus grande ?* Soutenir que les pandas ont de grands yeux, pour la faire rire. Lui demander de plier ses doigts, pour voir jusqu'où ils pouvaient se courber : « *... à l'école, quand on est petites, on s'entraîne à les assouplir dans une bassine d'eau brûlante.* »

L'écouter me parler de ses clients – Micky : « *My "girlfriend", gay, for sure.* » Gunther, Laurent : « *Know them from a long time.* » Steve : « *Crazy, always drunk, he never touch me.* »

Lui faire raconter, encore, la mort par épuisement du canard vibrant que je lui avais rapporté de Paris : « *Sorry, your duck is dead.* » Rougir quand elle disait qu'elle s'en servait en se regardant dans un miroir.

La chaleur le soir, pas trop forte.

Dans les rues s'exposait partout le mélange instable et délicat du sexe et de l'argent.

Instable, parce que sexe et argent. Délicat : parce qu'il ne s'agissait en fait ni de sexe ni d'argent.

Dans un bar, j'avais parlé avec un architecte français qui donnait chaque mois deux mille euros à son ex-femme. Derrière, la Suède passait à la télé, avec sa loi sur l'interdiction de la fessée et ses enfants sans genre.

Faire un tour des go-go's. Retrouver ses copines. Billards. Croiser Mookie dans Walking Street, qui partait le lendemain accueillir son fiancé web, qu'elle n'avait jamais vu, à l'aéroport. 1) Il était jeune (comme elle aimait) et avait envoyé beaucoup d'argent, 2) venait pour la première fois, 3) ne voulait pas passer ici.

J'avais parié qu'elle serait de retour dans deux jours. 4) Ce qui s'était passé… « *He was sooo boriiiing!* »

Au Full Moon, trois filles rentraient du sport, les cheveux mouillés. Se changeaient. Embarquaient sur une moto pour aller se faire coiffer.

Ce soir, il y avait une party. Des pétards, des ballons éclataient, des cloches sonnaient. Ça tournait. Les filles partageaient des cocktails, sur des chaises en plastique – des margaritas dans des seaux et des pailles de toutes les couleurs. Des robes, des fruits passaient sur des carrioles, ça s'arrêtait, ça repartait dans les lumières rouges. Jupes courtes et leurs ombres comme des capes noires sur le goudron. Un vieillard édenté beuglait dans un micro. Un demi-cochon aplati tournait sur une broche. Deux kathoeys cassés trébuchaient. La musique coulait des haut-parleurs. Ça riait. Ça mangeait. Soupes de riz mêlées de porc sucré. Elles partageaient, se passaient des billets ou achetaient pour tout le monde.

Elles tournaient. Elles criaient.

Shorts, peaux, talons.

Ça ne s'arrêtait jamais. La musique encore, une dernière. Il n'y avait plus de clients, juste elles qui n'arrêtaient jamais.

Une femme aux seins grêlés de taches de rousseur s'endormait sous des footballeurs jeunes et beaux qui couraient sur un écran.

Ça fermait. C'était l'heure d'aller dormir, peut-être.

Elles rentraient les tabourets, portaient les tables, en petites sœurs déglinguées à moitié déshabillées dans la rue, éteignaient la musique, finissaient leurs cocktails.

Filles gaies avec des garçons-filles. Petites sœurs de fortune. Dans la rue, sous la pluie, une armoire en short titubait, un cœur gravé au rouge à lèvres sur son front, les joues brillantes, les yeux mouillés.

On sortait.

Avec elle, même aller chez Carrefour était bien. On achetait un rice-cooker, petit, pour deux. Bleu avec des fleurs.

Carnet – « Petite fille, petite misère, *dans la chambre.* »

On sortait.

Une minuscule piscine sur Third Road, où des enfants jouaient à l'ombre de palmiers. Marmaille en maillots bariolés. Deux gamines, visage khmer, sautaient, s'éclaboussaient. Un farang jouait avec elles. Caquetages. Les cris d'un bébé montaient d'un canard rouge.

Ann avait traversé la ruelle pour un *som tam*, deux poissons-chats.

Sur le trottoir, une petite troupe revenait de l'école. Sacs à dos, queues-de-cheval, jupes marine. Des jumelles remontaient sous les arbres, en trottinette, avec des jupes roses qui flottaient. Natte longue dans le dos, disposée juste au milieu, chemisier blanc, cache-cœurs à bretelles croisées. Une mère cuisinait sous un parasol, derrière son étal. Des câbles noirs comme des portées tordues s'allongeaient dans le ciel nuageux, bleu par endroits. On restait deux heures. C'était décembre. Le soleil était doux.

Carnet – « *Un ciel cultivé qui avait lu Virginia Woolf envoyait ses nuages, "comme s'ils étaient chargés de se rendre d'ouest en est, avec une mission de la plus haute importance, dont on ne saurait jamais rien, sauf que c'était exactement cela : une mission de la plus haute importance".* »

En revenant je dormais, pendant qu'Ann se tirait les cartes.

On sortait dîner à côté.

Des tables en bois lustré. Une pyramide de cartons de bières au milieu, deux scooters étaient bâchés, au fond. Dans un étroit jardin dallé qui donnait sur la mer, des feuilles brunes traînaient sur l'eau terne d'un haricot verdâtre. Sur les murs étaient punaisées des photos du Nouvel An : des farangs blancs, des barquettes en polystyrène et des alignements de langoustes sur des nappes à damier. Deux serveuses âgées fumaient devant, en short zèbre, top rose. De grosses motos passaient en ronflant.

Amour la nuit, quand on rentrait.

On parlait beaucoup, facilement.

On riait quand on parlait, je l'étranglais en faisant l'amour. Ses jambes entre mes jambes, le dos, les seins trempés, glissants. Elle se pliait, se recroquevillait, d'une souplesse irréelle. Fondait pour devenir plus petite encore.

Amour, parlotes, histoires, dérives.

La rue passait, la chaleur, les scooters. Le plaisir partout de ces hommes qui n'avaient jamais été traités avec autant de bonne humeur. L'enfance partout. Un jeu. Une immense cour de récréation, un jardin d'enfants où tout serait léger, pas grave.

Surtout pas le sexe, les nuits.

Des nuits, dont Ann était en train de raconter le détail à Mookie, au téléphone – « *Oh, hot!* » –, fière de son pouvoir sur moi. Fière d'être désirée.

Ma vie était là-bas, du côté de ces filles qui serraient des oreillers Kitty dans leurs bras pour s'endormir. Du côté de l'amour comme un jeu – avec des films, des déguisements, une légèreté. « *Just with you. Don't know why.* »

Café soï Buakhao. Se lever pas trop tard pour noter les détails.

Corner la page sur ces instants.

Les bras, les cheveux, les peaux, l'élégance d'une main qui arrête un taxi.

À la une d'un journal, pincé à l'ancienne sur une canne de bois, un couple brandissait un chèque de dix millions de bahts. Je lui avais demandé ce qu'elle ferait si c'était elle qui gagnait. Elle avait dit : « Je ferais finir la maison de ma mère et je lui achèterais un nouveau vélo. »

De toute façon, elle ne jouait pas.

Moi qui avais toujours été élitiste, voire snob, j'aurais voulu penser avec sa simplicité, comme lorsque parlant d'un film à succès, elle disait : « *Of course, it's a good movie, everybody have seen it...* »

Quand je vivrais ici, on aurait deux pièces. Au mur, une carte du pays, le plan de la ville. Ses dessins, mes photos. Des images découpées dans des magazines. Des tableaux colorés, ridicules et jolis. Une photo du roi.

De grandes baies coulissantes avec du vert devant. Des bibelots naïfs achetés à droite, à gauche, des peluches, des souvenirs : des cailloux de Samet ou Koh Larn, de petits éclats de verre coloré, roulés par la mer, dans des coupelles.

L'après-midi, deux poissons-chats dans la chambre, avec du riz collant, une soupe de poulet épicé, pour elle, des fruits.

On mangeait, c'était bon. On ne disait plus rien. On n'entendait plus que la sueur qui glissait sur son front, perlait au-dessus de sa lèvre supérieure.

Ensuite, assise sur les croix du dallage, une jambe repliée vers elle, l'autre étendue, elle avait plié de fines bandes de papier brillant pour en faire des étoiles – en volume – minuscules. Une centaine, un plein bocal porte-bonheur pour mon anniversaire.

Le bonheur, simple comme on dessine : de l'œil à la main et de la main à l'œil.

On était sortis.

Ce soir-là, sur la terrasse du Full Moon un Indien avait embrassé une fille pendant des heures. Dix-sept ans – elle riait, rentrait, crachait, « Berk ! Berk ! », se rinçait la bouche.

Quand il avait fini par monter avec elle, tout le monde avait applaudi.

Carnet – 20/08/2012 :

« Est-ce que c'était glauque ?

Elles arrivaient vers seize ans. On sous-estime la force de l'adolescence, la force qu'il faut pour faire face à tout ce qui survient. L'enfance qui s'éloigne inexorablement, sans espoir de retour de tout ce qu'on abandonne, que l'on devine devoir regretter toujours. Cette avancée vers l'âge adulte dont on devine la médiocrité.

Est-ce que c'était glauque ?

Glauque quoi ?

Elles venaient d'univers avec très peu d'options. Elles se retrouvaient entre elles, fuyant des situations pires, petite troupe gaie derrière un rideau, nous attendant de pied ferme – les grands, les voyageurs sans vrais bagages, les dégagés qui croyaient avoir tout vu.

Nous entrions chez elles.

On abordait une île intacte. Une île de filles, de sœurs, de mères. On mettait les pieds dans leur royaume, avec leurs règles de ville jouet. De nuits. De fards. On déposait les armes, on levait haut les mains. Déchirant les règles, abandonnant le passé à un portemanteau derrière une porte. La lumière était rouge, gommait les plis, les rides. Une lumière utérine.

Bien sûr, tout le monde ne le voyait pas.

Ne voyait pas le cadeau.

La pute était dans leur regard, quand ils passaient la porte, sortaient des billets, une bite, s'agitaient. Croyaient être forts.

On les laissait croire.

D'autres restaient, jumeaux dans la lumière sombre, les draps froissés, les algues tièdes de leurs cheveux.

Il n'y avait pas d'hommes, de femmes. Il n'y avait que des petits garçons, de petites filles. Personne n'avait grandi.

Elles ne voyaient pas nos difformités. N'étaient pas touchées par notre vulgarité.

Ils croyaient les avoir prises. Ils avaient juste été essorés, une éponge sur une table.

Nos perpétuels jugements.

Cette avalanche de critiques – quand il s'agissait de *leur* vie. « *So, what?* » disait Ann.

Quand les plus pauvres portent ce que nous ne pourrions porter et que nous prétendons leur donner des leçons. « *So what?* – disait Ann – *Sell my pussy, not my soul.* » Pas mon âme.

Et tout ça vous était délivré à l'oreille, à l'aube, roulant le long de la mer, quand les néons s'éteignent – « *Like teenagers...* », un sourire – son bras passé autour de ma taille, l'autre sur mon épaule.

Et tout ça vous était délivré à l'oreille par une gamine de vingt-deux ans et quarante-deux kilos, qui avait arrêté l'école à quinze ans pour venir se vendre ici. Fille d'une ouvrière de poissonnerie et d'un taxi-moto alcoolique.

Rien n'avait d'ombre encore. Il était six heures, les rues. L'air était gris et doux.

Je regardais mes bras, je la regardais, et j'avais de la chance. Deux ou trois taches commençaient à parsemer le dos de mes mains. Ces taches qu'on appelle fleurs de cimetière.

Il y avait des saisons. Des matinées de mai, des après-midi d'août.

Rentrer. Paris – « Septembre, octobre s'effondraient, novembre dominait, et c'est Noël qui s'approchait en trébuchant ».

Revenir.

Ça explosait partout.

Des pétards, des feux d'artifice. Des filles déguisées en père Noël, avec des bonnets qui clignotaient, passaient en riant sur des scooters.

Soirée mousse au Dave Man – boîte pédé. Ann était habillée en tomboy virginal de sexe incertain. Juvénile. Baggy blanc, débardeur qui laissait dégagées ses épaules d'oiseau. Elle avait attaché ses cheveux, ça sautait, ça balançait quand elle dansait, gracieuse toujours dans les cascades blanches où elle disparaissait presque entièrement. Elle était trempée de la tête aux pieds mais semblait extatique. Les lumières chaviraient, la musique, *Flamboyant/Did You See Me Coming?* Pet Shop Boys. 2 Many DJ's : *Fuck the Pain Away*, *Death Disco*, *Shake Your Body*, *I Wanna Be Your Dog*, en déluge, en rafale. Une musique qui donnait envie d'être homosexuel. De tourner torse nu, bien foutu, sous une boule à facettes. Sur un écran géant au milieu des banquises, Kurt Russell dégommait des zombies. Les bouteilles de whisky filaient. Les garçons mataient à des tables pleines de garçons. La mousse s'envolait en flocons, elle en avait jusqu'aux épaules. Une mariée russe en longue robe de mousseline blanche dansait au milieu d'une troupe de garçons-filles épileptiques.

On était restés tard.

Fon nous avait rejoints pour raconter comment elle avait largué son boyfriend, agitant ses mains au-dessus de la table comme pour mimer l'effondrement de son histoire dans les débris de chips et de petites serviettes chiffonnées.

En rentrant, on s'était arrêtés tous les trois pour une soupe.

Dans la chambre, des films et elle, longtemps.

Maintenant elle dormait, comme une petite bête épuisée, confiante. Vivante, respirant à peine, tiède et souple – blottie, recroquevillée sur le drap comme dans les plis de ses ailes repliées.

Je m'étais levé quand elle dormait encore. Écrire, la lampe baissée. Café sans bruit.

Plus tard, elle s'était réveillée, comme une ombre. Toilette. S'était recouchée – « *Ohhh, migraine…* ». Un cachet, Pepsi. Avait bu une gorgée avec le cachet. Une autre après. S'était reglissée sous le drap en serrant l'oreiller.

L'après-midi, elle était restée dans la chambre. J'avais croisé Mookie, le long de la plage.

En fin d'après-midi, Ann nous avait rejoints.

On était montés au Hilton – 34e étage, vue sur l'arc de la baie, le soir qui descendait. En haut c'était très beau, malgré la musique assourdissante. Cocktails, canapés larges. Le ciel du bar imitait les étoiles.

L'air était tiède. Une douce lumière ambrée incendiait l'horizon, la succession des tours sur Jomtien et les eaux rousses de la mer.

Mookie parlait sur Skype avec son boyfriend de Berlin. Il l'avait aidée quand elle était en prison. Elle cueillait des morceaux de fruits avec des baguettes. Envoyait des SMS. Prenait des photos, en même temps, pour poster sur Facebook. Hauts rayés pour les deux, noir et blanc.

On finirait par les avoir.

Là-bas aussi ça gagnait.

Hi-so/Lo-so.

Ann était *lo-so.* Mookie, *hi-so.*

Mookie venait de la ville. Suivait les modes les plus étranges des magazines. Voulait se marier, partir. Ne parlait pas aux vieux – plus de trente-cinq ans – à part moi, parce que Ann.

Ann était de la campagne, achetait ses robes sur les marchés, laissait vibrer son téléphone sans répondre, n'était connectée à rien. « Il faudrait que tu sortes ta copine de derrière la montagne, disait Mookie moqueuse. — Ça n'est pas moi qui suis derrière la montagne, c'est la montagne qui est devant moi… », répondait Ann.

Le soir tombait, gris cendré.

J'étais redescendu en leur compagnie qui rendait tout drôle, léger. Il n'y avait qu'à suivre. Les laisser faire, regarder. Grisettes serrées, en talons, bras dessus, bras dessous entre les murs de marbre beige. Gamines adultes. Les souris de Cendrillon. Difficile à saisir pour les Libanais qui passaient en short, puant le déodorant et beuglant dans leur téléphone avec des démarches de canard.

Marché en bas.

On avait croisé Fon sur la jetée au bord de l'eau, à une table pliante du restaurant improvisé qui surplombait la grève. Elle était avec un client, *The cowboy*, des avant-bras comme mes cuisses, australien. Quand il parlait, je ne comprenais rien. À côté, des Anglais riaient fort devant des paires de bières. Des crevettes, la musique. Les tables étaient pleines. Des familles. La chaleur des braseros. Les enfants jouaient devant la mer qui se couchait, devenait noire. La nuit comme un buvard buvait le ciel. Quelques gouttes de pluie. Les filles parlaient entre elles.

Tout était beau.

Un café et des surfaces qui fondaient. Ici, le mot *prévoir* disparaissait du vocabulaire.

On était revenus dans la circulation du samedi soir.

Elle m'expliquait ce qui portait malheur :

– Dormir avec la tête vers une porte.

– Se couper les cheveux soi-même.

– Se couper les ongles (ou les cheveux) un mercredi (ou le jour de son anniversaire).

– Empiler les assiettes les unes sur les autres pour manger.

– Dire d'un bébé qu'il était beau (les fantômes risquaient de venir le chercher).

– Balayer, le soir, et sortir la poussière de la maison.

Trois années.

Il suffisait de la regarder dans la chambre pendant qu'elle se préparait. Fasciné.

Allongé ou assis au bord du lit, il suffisait de la regarder vaquer, sortir de la douche, se coiffer, chanter, ranger ; faire un café ou choisir les bracelets qui clignoteraient cette nuit-là à ses poignets.

Il suffisait de ne pas bouger.

Entre les murs qui montaient pour nous isoler du monde, nous abstraire.

Des murs en forme de chambre.

Le carrelage blanc comme du lait quadrillé parcouru d'ondes s'animait comme un drap froissé quand elle se déplaçait.

Il suffisait de ne pas bouger.

D'être le spectateur ébloui de cette pure intelligence, de cette grâce de gamine qui se déguisait, sautillant par instants sur trois notes invisibles – scintillante, appliquée – entièrement dévouée à l'exactitude de chaque geste dans un ballet précis, souple, fait d'arabesques légères, d'ellipses. Rien ne traînait, ne perturbait. Les objets se soulevaient, volaient, disparaissaient et reprenaient leur place dans un souffle, reposés sans bruit. Du bout des doigts.

L'intelligence des mains, du corps.

Je crois ne jamais l'avoir vue maladroite ou embarrassée d'elle-même.

Revenir chaque saison. L'été, l'hiver.

Écrire. Décrire. Tamiser.

Garder sa vie dans des carnets, sa légèreté sur des images. Comme un ruban de vie, aérienne et précieuse.

Balançoire et robe transparente. Une cuiller de ciel clair – couettes, nattes.

Accoster sur une île.

Une île comme un caillou ricoché là, et elle.

On avait pris l'avion pour Phuket.

Dans le taxi, Ellie Goulding à la radio *How Long Will I*

Love You. Par la fenêtre se déroulaient les plages. On imaginait le tsunami déferlant sur la baie.

Sur la plage, il y avait cet homme.

Petit, trapu, le corps recouvert d'un tapis d'excroissances roses, comme des vers, par centaines, de différentes grosseurs.

Il bronzait sur un transat. Sa copine, la trentaine, jolie, le prenait en photo, avec son iPad.

Ensuite lui montrait.

Quand il s'était levé pour aller se baigner, une armée d'asticots avait semblé prendre vie sur sa peau. Le groupe bruyant de Coréens qui l'avait croisé, se protégeant du soleil sous des serviettes rouges, s'était poussé du coude.

Carnet – « *Elle disait :* "Shock cinema !" *quand elle était surprise.* "I'm unique !" *quand elle était fière d'elle.* » Son sens du théâtre.

Le soir venait tôt. Le soleil basculait.

J'étais là.

Des colonnes de fumée s'élevaient dans les feuillages. Quelques ombres d'enfants glissaient encore leur corps dans le miroir de l'eau. Un cercle de fillettes jouait sur des marches de bois. L'eau couleur glaise. Les aboiements des chiens.

Alchimie.

Des lucioles translucides piquetaient les néons dans la nuit, le long d'allées de pierres moussues qui serpentaient entre les bungalows.

Agrégats.

Il n'y avait plus de température.

Le vent était tombé.

Derrière les croisées, Ann dormait déjà.

Quand j'étais entré, elle avait tendu les bras, fait craquer les jointures de ses doigts un à un, puis, la voix encore enrouée de sommeil, douce, comme encore en pyjama de pilou, voilée de brumes : « *You're toy time…* », elle avait dit, en écartant les draps d'un sourire. Un vertige.

Ça n'était pas faire l'amour, il n'y avait rien à faire, il n'y avait qu'à être.

Poupée qu'on manipule, ombre tiède et docile, donnée, se donnant comme en rêve, avec le sourire toujours, et ses yeux qui brillaient au centre de la nuit.

L'or de sa peau, frissonnante, parfumée, mystérieuse, étoilée de baisers – les lèvres, le front, le cou.

Où aurais-je eu ça ailleurs ?

Sans autre temps que le temps présent. Sans s'être vus depuis des mois.

Au matin, la mer argentée.

J'avais pris un café dans le premier endroit ouvert. Il était à peine sept heures.

La vie s'installait sous le soleil en parhélie qui montait dans la gaze éthérée rosâtre. On commençait à entendre les moteurs des groupes électrogènes. Le sable était découvert loin, l'eau claire et peu profonde, l'arc du ciel tendu.

Il était une fois.

Lire. Écrire. Même s'il ne se passait rien.

Après je regretterai.

le petit os
de l'aube, ôté à ton épaule

L'après-midi, en ville, à l'autre bout de l'île, acheter un paréo rose, comme un drapeau de fille. Au bout de la plage de sable blanc, elle avait posé – grimpée, gaie, pépiante – dans les bras d'une sirène géante de plâtre polychrome, le drapeau qui claquait.

Au marché, on avait déjeuné d'un poisson à l'œil blanc vitrifié. Elle avait raclé le fond de son assiette pour m'en tendre des miettes pincées entre ses doigts bruns, léchés, goûtés au passage. Ensuite nous avions dormi, tombés l'un sur l'autre au fond d'un grand hamac.

On avait fait la route du retour.

Les lacets surplombaient la mer étendue, verte. Le soir déroulait son défilé de collines bleutées.

J'avais tourné sur un étroit sentier de terre pour trouver de l'essence. Des gosses assis sous le toit d'une cahute nous avaient tendu une bouteille sans étiquette en échange d'un billet froissé. Ann leur parlait comme à des petits frères, chatouillant un bébé réfugié sur les genoux d'une grande sœur accroupie, les orteils crochés dans la poussière.

La connivence, cette proximité tressée, comme les fibres d'un même tissu.

Revenir sur la terre. Ferry, avion, bus. On avait retrouvé la ville.

Le Tam Nan était comble.

Une fête. Beaucoup de filles du bar. Les rires. Les danses.

La vie adolescente de *Presque célèbre*, avec ma Penny Lane et ses amies. La douceur de son regard, comme sur un enfant, un chat ou un amant – celui qui a la place et le reste s'efface.

Elle circulait entre les tables, se déplaçant dans le mot vacarme avec aisance.

La chanteuse était en noir. Toute la bande du Full Moon dansait devant les caissons de basses qui grondaient sous la scène.

On avait retrouvé Kae dans la foule, Kae, d'il y avait longtemps – d'avant Ann.

Garçon-fille. Petite travestie. Sourire large, toujours, qui mangeait son visage, les dents un peu irrégulières, toujours. Elle avait minci, grandi : une tige explosée qui m'avait entraîné à l'écart – elle allait se marier, un Français, serait à Paris dans trois mois –, m'avait montré sa bague. Robe d'été Liberty, des jambes interminables. On se verrait ? Elle était amoureuse encore. Un geste de comédie pour me dire qu'elle pleurait souvent, en se frottant les yeux, poings fermés. Ann souriait, sans rien dire. Kae lui avait montré son fiancé, trente-cinq ans, un peu parti, un peu tordu de la face quand il dansait. Dans son dos, elle avait fait « chut », un doigt sur les lèvres.

Ses mains se baladaient sur moi, sur Ann. La musique tombait du plafond, glissait le long des bras levés, le long des jambes, sous les jupes, les microshorts, dans les regards. Combines / râteaux / abandons / clins d'œil – *Broken hearts & party girls*. L'énergie, partout, d'elles jamais lasses.

En sortant, des farangs éblouis titubaient sous les réverbères dans la nuit, pris en main aussitôt, assis, entourés, des bras autour des épaules. Se laissant faire, devenus sentimentaux parce qu'il était tard.

Je plaignais ceux qui ne connaissaient pas cette gentillesse, cette légèreté.

Vers quatre heures, les filles étaient parties se coucher.

Mookie avait perdu son iPhone et s'en foutait.

J'avais conduit, approximativement pour déposer deux filles, « *like a snake…* », puis Ann avait pris le relais, pour qu'on rentre à bon port.

Elle aimait que ce soit violent.

Parfois.

Hier soir : « *Use me. Use me hard…* » Elle semblait en avoir besoin, tout supporter. Passé un certain état.

Le lendemain, la pluie.

Carnet – « *La première phrase de Jane Eyre :* There was no possibility of taking a walk that day. »

On était restés dans la chambre, sur le lit.

Elle m'avait raconté une dispute avec *Tatoo Guy*, son ex – culturiste, tatoué sur la moitié du visage, témoin de Jéhovah –, qui avait exécuté, une nuit, une Kitty au cutter. Répandant la bourre partout dans la chambre. Jaloux, saoul, gueulant, titubant. Le lendemain au réveil, elle l'avait trouvé, dégrisé, penaud, une aiguille à la main.

J'imaginais la masse de cent kilos penchée sur la peluche, rentrant la bourre pour tenter de réparer les dégâts, le fil rose entre ses mains comme des battoirs, ses yeux mouillés, sa bouche au milieu des tatouages, murmurant : « *Sorry Kitty… Sorry baby…* »

La vie. La vraie.

Ça avait fait un « *Kitty flat* » – elle en riait encore. Elle disait qu'il était très doux, sauf lorsqu'il avait bu.

Qu'un jour, il l'avait collée contre le mur, mais qu'il en garderait la trace pour toujours, gravée à coups de griffes vernies en travers du tatouage *Warrior of God* de son torse.

Quelques jours plus tard, à un concert en plein air, Ann avait offert des roses au chanteur. Les filles étaient en émoi, la foule idolâtre se pressait contre la scène, les portables partout brandis. Kae avait surgi, armée d'un iPad, dans le flot de ce monde tout petit parfois. Je l'avais soulevée pour qu'elle prenne des photos. Reposée. « *Careful... my boyfriend there.* » Un battement des paupières, elle avait disparu.

« Oh, on rentre tôt... » Il était 3 h 30.

Elle me démontrait la gaieté : achetait un Fanta fraise au Seven à l'angle – un « *Feneta* », elle disait – et tout allait bien.

Douche. Une prière, enroulée dans une serviette. S'endormir avec la musique. Les peluches à côté qui veillaient. Qui veut mieux ?

Elle existait.

Il m'avait fallu attendre. Mais c'était normal que je ne l'aie pas trouvée avant, elle n'était pas née.

Quand je n'étais pas là, elle dormait dans l'une des chemises que j'avais laissées.

« Et la jalousie ? », c'était toujours la question qu'on me posait, ici comme là-bas.

Qu'est-ce que ça me faisait ce qu'elle faisait quand je n'étais pas là ?

Rien.

Elle dansait dans la chambre, maintenant.

Elle retournerait avec des clients le lendemain, quand je serais parti. Elle poserait avec ses copines dans la rue, dans le rouge, les cris, s'assiérait sur de vrais genoux. Les fesses tendues à n'importe qui, avec de vraies mains sur elle, sur toute sa peau. De vraies heures, de vraies nuits, de vrais baisers avec la langue, avec sa bouche sur eux au réveil.

Je savais tout ça.

Rien ne marquait – que ce qu'elle voulait. Je savais ça aussi.

Noté : « *"Ainsi cette manière de considérer comme le plus personnel ce qui en nous est le plus générique et banal : le coït."* Tiqqun, *Premiers matériaux pour une théorie de la Jeune Fille.* »

Carnet – « *Elle, pouvait être jalouse. Mais pas de ça. Pas du plaisir.*

*Les premiers temps, quand je partais, l'après-midi ou en début de soirée, la laissant au bar avec ses amies, elle riait : "*Boys time... !*", faisait voler ses cheveux d'un revers de la main, "Pfff... ". Ce qui comptait c'était autre chose.*

C'était ce que j'avais dans la tête.

Quand je m'étais attaché à Nuy, elle avait été jalouse parce qu'il y avait des sentiments. Jusqu'à ce qu'elles parlent. J'avais assisté à la discussion. Nuy s'était débarrassée du problème en disant que je n'étais qu'un client – le problème s'était dissous.

À cette époque, j'avais appris un nouveau mot : gik *– relation non sérieuse, personne pour qui on a une grande tendresse –, mais Ann avait dit :* "But girlfriends want to kill giks…", *avec un geste de la main pour trancher une gorge ou fracasser une tête.* »

Des images.

Le soir au Marine's, beaucoup de bourrins. Ce qu'ils se permettaient. Ce qu'ils se croyaient quand on les laissait croire. Soulevant les jupes des filles, y passant leurs battoirs. Se croyant irrésistibles quand ils se dandinaient en short à carreaux, chemise ouverte, exhibant leur ventre tatoué. Titubants.

De toute façon nous étions laids pour la plupart.

Laids parce que pas de notre faute. Laids parce que lourds et maladroits, frustrés et malhabiles, criards, grotesques ; et pourtant sûrs de nous : de notre supériorité culturelle, intellectuelle – donnée.

Les dollars étaient là pour nous rassurer et nous les dépensions, sans toujours penser qu'il fallait risquer autre chose : risquer sa cervelle, sa peau.

Comme elles.

On en avait parlé un soir, en regardant défiler dans la rue les Occidentaux flous, vitreux qui rentraient.

Elle avait dit : « *Yes… they go like tumbleweeds.* » Elle voulait parler de ces boules d'herbes sèches qui dérivent au gré du vent dans les rues des villes fantômes, les westerns, les films de fin du monde.

Nous avions perdu quelque chose.

Dans la foule, Ann parlait avec Bee, l'ex-mama-san du B4, qui travaillait ici maintenant. « *Many customers, every night.* » Quatre filles étaient en prison. On ne savait pas pour combien de temps. La famille ne pouvait pas payer et le bar s'en foutait. Elles n'avaient pas dix-huit ans. Je me souvenais de Ben qui avait fêté son anniversaire en même temps que moi, l'annnée précédente. Très jolie, douce, elle avait pleuré devant son gâteau, dans les bras d'Ann, un collier de billets de cent bahts autour du cou.

C'est dans la rue, quand on était passés devant le Candy Shop en parlant de Kae, de Nuy, que la tristesse était tombée sur elle. Imprévisible, immédiate, débordante. Les rires gais s'étaient changés en phrases amères, puis en pleurs. La bouche rouge comme une petite serviette chiffonnée, le visage tendu, des larmes plein les yeux, elle revivait l'histoire. Mes mensonges. Sakeo et Bangkok avec Nuy. Personne ne l'aimait, elle faisait bonne figure, toujours, mais savait qu'elle était seule. La tristesse l'emportait. Inconsolable. Dans la chambre ses mains brassaient l'air. Il était une heure, puis deux, puis trois. Elle pleurait, les poings fermés, sans sanglots ni spasmes, simplement les larmes roulaient sans discontinuer sur ses joues, dans une douceur désolante, comme une absence à perte de vue. Les larmes semblaient naître sur ses joues comme les étoiles apparaissent, venues de nulle part dans le soir qui fonce. De plus en plus nombreuses, infiniment nombreuses, brillantes, de plus en plus brillantes. Comme une gamine aux yeux fardés, qui coule, dont on ne peut plus prévoir les actes, comme une fille qui se déchire.

La jungle.

Rien de contrôlable, rien de connu. Deux yeux dans la nuit et une voix d'ailleurs.

J'avais fini par tomber, me réveiller en sursaut, la trouver sous une douche froide. Recroquevillée contre le mur, habillée, ruisselante.

Un cutter à la main.

Flottant dans une mer de fantômes. Les épaules secouées de frissons.

Comment ça fonctionne, un cœur brisé ? Les blessures d'amour sont-elles d'abord des blessures d'amour-propre ? Ou bien une trahison du monde, de la confiance qu'on est supposé lui faire ?

À peine une voix.

Ça va s'arrêter, ça va s'arrêter.

Elle pleure.

J'avais fini par la calmer, la bercer, l'endormir.

Son corps étendu sur le lit comme un bas-relief éthylique et cassé. Le monde paraissait loin, silencieux.

J'avais caressé son dos, longtemps.

Plus tard dans la nuit, elle avait passé ses bras autour de mon cou, dans le noir, la peau, la douceur retrouvée. Le soleil derrière les nuages.

Au matin, son sourire était revenu.

Amnésie enfantine.

J'avais filé pour écrire dans ce bar, avec un ou deux cafés et quelques cigarettes.

J'étais fier de faire partie de cette humanité indifférenciée capable de se mélanger avec n'importe qui. Fier d'être du côté de ces filles aux hanches minces qui tenaient le monde en marche. Du côté de ces filles qui vivaient pour faire l'amour, manger, danser. Prenaient soin de leur famille. Priaient.

Capables de tomber en pâmoison devant les mimiques d'un bébé ou d'exploser de jalousie dans une chambre.

Ici « *la vie c'était la vie, l'amour c'était l'amour, la mort c'était la mort* ». Une vérité étymologique.

Je ne regrettais rien de ce que j'avais fait à l'époque – lutter contre l'injustice en lui rendant la pareille. Tricher aussi. Ne pas s'encombrer. Essayer, se tromper. Pour voir. Croire à l'expérience et ne croire qu'en ça. Découvrir les vides, les ombres qu'on porte en soi.

La vérité dépend des circonstances.

On s'efforce souvent d'atteindre une unicité ; une cohérence qui serait nous, alors que notre richesse se situe plus sûrement dans l'acceptation du mouvement, du chaos, de l'impermanence.

Ici, avec elles, les enjeux n'étaient pas les mêmes. Nos détails étaient si différents qu'il ne restait que l'essentiel. Nos détails : culture, enfance, milieu, traditions étaient si différents qu'il ne restait qu'une disponibilité, une transparence au monde.

Bien sûr qu'on pouvait s'ennuyer.

Elles parlaient. On était le seul étranger au milieu de leur petite bande. On ne comprenait rien. On regardait, on rêvait, on se souvenait, on imaginait.

Bien sûr que c'était toujours la même chose. Quelques activités qui se répétaient en boucle comme une chanson jolie, gaie : dormir, danser, manger, se promener, parler, s'aimer, se serrer, rire, boire – des amies, la musique.

La chanson parfaite. Celle de la beauté. Du goût de la beauté.

Carnet – *Elle disait :*

« Tu es comme une fille et c'est ce qui me touche tant. Même ta façon de regarder les filles, ta façon de regarder les enfants, les bébés.

Même ta façon de me toucher.

Comme une fille, tu n'as ni compartiments ni cloisons. Rien n'est fermé, tout communique. Si un point est touché ça se répercute dans le moindre recoin de ton corps et de ton esprit. »

Le soir, c'était toujours « *Beauty saloon* » – pinceaux, les ongles, elle ne les faisait jamais.

Ça rentrait, ça sortait, dans le souffle des séchoirs.

C'était confiné, bleu.

Une coiffeuse avait les seins siliconés, une tripotée d'anneaux dorés aux oreilles. Une autre portait une jupe blanche savamment déchirée et cousue de fleurs roses, un tatouage de sirène s'enroulait dans son dos.

Il y avait des boîtes de faux cils, des pinceaux, des fards, des houppettes de poudre libre.

Une fille taxi-moto, à coiffure mulet, était passée ramener des clés.

Les fers à friser, les serviettes pastel. Il y avait des crayons dans des pots, pour se retoucher avant de sortir.

Dehors le soir descendait sur le ciel jaune.

Un kathoey attendait, ceinture de pierres brillantes, un sac avec des cœurs, un châle blanc en dentelle jeté sur ses épaules.

Parfois, après leur travail, les coiffeuses allaient faire des heures supplémentaires au King Kong Bar, à côté, ou au Lick Bar et son logo avec une grosse langue à la place du C.

Ça baisait sur des sofas derrière des rideaux. La police fermait l'endroit souvent. Ann avait dit « *Nasty place* ».

Dernières images, hier soir.

– Des ballons, des néons, des enfants dans la nuit, au milieu d'un terrain vague et des petits manèges nostalgiques.

– La chambre sans fenêtre, avec mon sac au pied du lit, pour mon départ.

– Elle.

En la regardant de profil, penchée sur fond de mur gris-bleu, ses cheveux retombant devant ses yeux, cils baissés, je me disais que j'avais trouvé dans la vraie vie ce dont j'avais rêvé adolescent, quand je dessinais.

Être aimé ici, ce cadeau.

Comme si j'avais toujours eu de la chance. Sa peau. Sa bonne humeur toujours. Sa tendresse affichée.

J'avais laissé des affaires : des carnets vierges, quelques stylos, une lampe, des enceintes. J'avais dit : « Tu pourras t'en servir, si tu en as besoin. » Comme elle ne répondait pas, j'insistais. Elle s'était retournée, me regardant avec la patience gentille d'une maîtresse de maternelle s'adressant à un enfant, un peu simplet, m'avait dit : « Mais tu sais. Je ne connais pas le futur. »

Elle m'avait accompagné à l'aéroport.

Dans le hall, avant les contrôles, prenant ma main pour la poser à plat sur son cœur, elle avait dit : « *Here, we are always together.* »

Et puis, elle avait ajouté :

« *Tu es toujours avec moi, tu sais. Je t'emmène partout, je t'emmène toujours avec moi. Même avec les clients.* »

ÉTÉ 2013

01

Ann a disparu.

Pas de nouvelles depuis quinze jours.

Juillet. L'Auvergne.

Dehors le jour se lève, l'herbe est mouillée sous un ciel bas. Tout dort.

Là-bas, il est une heure de l'après-midi. Est-ce qu'elle est dans sa chambre ? Partie dans sa famille ? Je sais que j'irai. Que je peux trouver autre chose.

« N'importe quel corps remplace n'importe quel corps. » Je sais.

Presque.

Dehors, l'écharpe grise du matin. Quelques oiseaux. Les volets sont ouverts sur un rosier qui pique de rose le vert des arbres et la courbe de la colline qui monte dans le ciel pâle.

N'importe quel corps.

Sauf le sien.

Sur le bureau, une lampe désuète éclaire le carnet d'une lumière beige rosé. Un abat-jour de tissu plissé, poussiéreux. Un pied doré sur un socle de verre biseauté.

Je repose le livre qui parle de la mort d'une enfant de cinq ans.

Des histoires de deuil, qui m'accompagnent.

Sortir devant la maison. Fumer une cigarette. La veille, à mon fils qui demandait si je pourrais arrêter de fumer, je n'avais répondu que « Pourquoi… », grimacé, haussé les épaules. Il avait haussé les épaules aussi.

Dehors, me répéter : *Ann a disparu…* dans la fumée et le vert autour, la rosée. Il y a une balançoire sous l'arbre.

Refaire du café.

Ann s'est fondue dans l'invisible. Je ne sais plus ce qu'elle pense. Ça m'a été retiré sans que je le sente venir. Comme d'habitude, *pourquoi ?* ne sert à rien, *quoi faire ?* seul marche.

Une bande de brouillard dort dans la vallée. Il est six heures. Le ciel rosit, quelques nuages accrochent le soleil. Pas de bruit à part les oiseaux. Le monde dort encore. À peine une cloche dans un village, loin. Un avion clignote là-haut. L'herbe mouillée.

Pas de nouvelles.

Peut-être que l'idée c'est ça – cesser d'accorder de l'importance à quoi que ce soit.

Les enfants se lèvent sur le piano de *Jardin des délices.*

Où l'a-t-on rangé ce bout de verger ?

Ce bout de chambre, j'y ai vécu.

J'ai vécu.

Ces rues à l'aube, ses bras autour de ma taille.

J'ai vécu.

Cette maison traditionnelle, avec son jardin à l'abandon, qu'on trouvait très belle tous les deux, au fond d'un soï.

J'ai vécu.

Le muret au-dessus de la mer, avec une bouteille et une barquette qu'on partageait.

J'ai vécu.

L'entrée et la sortie, chaque soir, par la porte à glissière à l'arrière du bar, parce qu'elle ne voulait pas s'afficher.

J'ai vécu.

L'endormissement contre son dos, une main posée sur son ventre qui se soulève à peine dans les premiers moments du sommeil.

J'ai vécu.

Cette fille qui me donnait ses nuits, partageait sa légèreté, son élégance quand elle dormait. Le bruit de nos souffles mélangés dans l'obscurité, comme la plus grande des intimités.

Mon fils, devant l'évier, chantonne dans son tee-shirt Messi.

Elle aimait la vie qui danse, fredonnante, légère, toujours sautillante. Musicale. Comme une poésie facile. Une comptine.

Un, deux, trois, nous irons au bois
Quatre, cinq, six…

C'est fini.

Son front si haut, si dur, pour encaisser, protéger sa cervelle de petit singe débrouillard. *De petit singe débrouillard*, ça consolait, ça aidait à comprendre.

Cette fois-ci, demander à cette ville de me guérir d'elle-même.

Enfiler un masque, des gants chirurgicaux. Un scalpel à la place du cœur. Pour voir.

Je veux Bank. Retrouver Kae, Nuy, ou d'autres pas connues encore.

Je veux n'importe qui.

Je veux. Il y a le choix. Je ne me laisserai pas. Je sais. Je ne sais pas. Tout remplacer. J'ai les yeux bleus. Je peux. C'est ma vie. C'est sa vie. Je n'ai plus de nouvelles. Une route. La même. L'inconnu, connu. Tout près. Tant pis.

Ne pas penser.

Avancer.

N'importe quel corps remplace n'importe quel corps.

Ann.

Il y a eu un bruit de choses qui s'éparpillent.

Sur la carte du monde punaisée sur le mur, au-dessus du bureau, mes yeux étaient tombés pour la première fois sur le cap Ann.

Un point blanc, au milieu de la côte antarctique.

02

Ann est enceinte.

De moi, on m'a dit – un message de là-bas – et elle a disparu.

Je le savais avant. J'y pensais le matin devant l'arrondi des collines qui émergeaient de la brume. La forme des arbres comme une prémonition. J'y pensais. Pour rien, puisqu'elle a disparu sans un mot.

J'y pensais devant l'étoilement des prés en losanges, bordés d'arbres qui montaient dans le ciel. Le damier de cases inégales.

Ces images qui existent, même lorsqu'elles ne sont vues par personne.

Ann est enceinte.

Six, sept mois, les dates collent.

Ann est enceinte.

Un message du bar. Elle voulait « me faire la surprise... ». Dire que je ne comprends pas est peu. Ni la surprise ni son silence.

Ann est enceinte.

Je suis entré dans un livre de Murakami, un univers mystérieux, avec des passages oubliés, de l'obscurité, de la force à entretenir, des trafics. Un monde parallèle sous la lumière de deux lunes.

Je vis ça.

Ann est enceinte. Je vis ça.

Ann me laisse sans nouvelles. Ne répond à rien depuis trois semaines. A disparu.

Je vis ça.

Le soleil sur la campagne, le vent, la pluie.

Je vis ça.

Ann est enceinte.

Je m'y suis toujours plus ou moins attendu.

Il faut bien que l'amour produise quelque chose dans la réalité, au-delà des murs d'une chambre.

Ann, petite prostituée thaïe. Mon âme en 3D.

Cette fille sur le côté gauche du soï 6, arrivée à seize ans, rencontrée à vingt.

Cette fille qui m'avait fait écrire : « Que ma vie reste toujours pareille… »

Passer de mauvaises nuits.

Se sentir démuni, dépouillé. Nuits en pente. Se sentir à la merci ; laissé toujours. Personne à prévenir, personne qui réponde, chacun se débat.

Il y a des cadres vides dans la pièce éclairée. Un verre qu'on casse. Ne pas bouger. Passer une mauvaise nuit. Une encore. Rester dans la pièce éclairée. Personne ne répond.

Il y a des cigarettes, des cachets.

L'habitude.

Savoir que toutes les nuits s'achèvent. Que le jour vient. Et puis un autre. Qu'il faut être plus patient que le temps, c'est l'idée. Plus patient que le temps.

Accepter de ne pas comprendre. D'être laissé là, au bord de cette route où personne ne passe. Un sac dans la poussière. Une caravane disparaît en cahotant à l'horizon, silhouette hérissée de tout un barda qui me parlait.

On mesure les risques pris, à la hauteur d'où on se casse la gueule.

On apprend. Des plans B. Des escaliers de secours à l'arrière des immeubles. Monter ? Descendre ?

Peu importe. Sortir.

S'allonger dans l'herbe devant la maison éteinte sous le ciel noir. Les arbres, les pierres, les fougères phosphorescentes sous la lune. Dors maintenant. Personne n'a besoin de toi. Et surtout : *arrête de te poser les questions des autres !*

Si elle ne donne pas de nouvelles, c'est qu'elle ne te trouve pas utile dans ce qu'elle vit.

Dans Lartéguy : « J'aime les prostituées parce qu'elles disent la vérité. »

Je sais qu'elles peuvent mentir aussi, mais que ces mensonges sont en même temps une vérité.

Ann est enceinte.

On m'a dit – de moi –, un message de là-bas. Et elle a disparu.

Je n'en parle pas. Je n'ai pas envie d'en dire du mal, j'en pense du mal, c'est déjà suffisant.

Je n'en parle pas.

La douleur est une plaie qui a besoin d'une excuse.

Avancer. La nuit, des cris, des sourires coupent la nuit.

Le jour, le soleil découpe l'air avec des lames de rasoir. La rue. La prostitution.

Il y a ceux qui connaissent cette expérience. Cette relation profonde au dénuement, à l'abandon. Cette ligne de partage.

Et les autres.

Ann est enceinte.

J'imaginais des choses : le yaba, quelqu'un d'autre, le temps, mais pas ça. Je n'ai aucune nouvelle. Je pars dans quelques jours. Le silence en face des mails, des SMS ; que je n'envoie plus.

Je pose mon verre entre deux pieds nus. Un rond de vin blanc tache le parquet.

Comment entre-t-on dans un jardin ?

Ann… ?

Comment sort-on d'un jardin ?

En pensant le contraire de ce qu'on pensait juste avant : juste des putes.

En profiter, ne rien chercher que d'immédiat. Baiser, « fucker », comme disent certains de mes amis qui n'y comprennent rien. Penser que toutes mentent.

Comment sort-on d'un jardin ? En le saccageant.

Dans les jours qui suivent, Nuy m'écrit.

Si longtemps après.

Kae m'écrit.

Réparent le jardin.

« *When you come, do you want to fuck me ? Love you.* »

C'est ce que je veux lire.

Kae.

C'est cette peau que je veux. Cette sueur androgyne. Cette énergie, ce sourire cassé aux cachets. Le dragon qui s'enroule autour de ses jambes pour monter lui dévorer le dos, griffes ouvertes.

C'est cette violence.

J'ai fini les paillettes, les lumières et l'amour. Juste un combat dans un tunnel.

C'est un autre temps.

« Entre un homme et une femme, il ne peut y avoir que la guerre » – Oshima.

J'ai fini les paillettes.

Il n'y a ni vérité ni mensonges. Il n'y a pas de finalité. Juste s'entrechoquer.

Cette ville est un champ de bataille. L'endroit pour que l'on sache que tout est comédie. Voué à devenir comédie. Déserteurs/amazones. Sans mémoire ni attentes. J'irai pour ça cette fois. No brain. Forer cette mine. Dépasser. J'irai pour ça cette fois-ci : piller, voler. Prendre sans rendre. Cadenassé. Réduit.

Elle a emporté avec elle la ville joueuse. La ville jouet.

Lexomil par quart. La déconfiture morale est suffisante. Je n'ai jamais cru qu'il soit nécessaire d'y ajouter le ventre qui se tord et la ronde inutile des questions sans réponses.

Quand même, on y pense.

Quand même les matins. Ça colle. Ça colle aux yeux, ça colle aux pensées. Ça descend dans les veines. Pas de nouvelles depuis trois semaines.

Ann, qui…

Ann, qui…

Perdus.

Son dos, ses bras, ses jambes. Son visage et sa bouche, *Matrice* : « On ne demandait rien / On n'en voulait pas plus » et ses yeux fermés comme un labyrinthe. Perdus : les voyages qui durent toute la nuit, comme dans une ville très haut perchée dans la neige et le silence.

J'allonge Ann dans un herbier. Son image créée par moi. Elle a les yeux ouverts, elle ne dit rien ; il n'y a rien à dire et on ne saura rien vraiment, jamais rien vraiment.

Juste un herbier.

Un corps aimé.

Des chambres d'errance rieuse. J'allonge Ann sur une feuille de papier cristal.

Nous n'aimons que des Blanche-Neige. Un cimetière de princesses dans leur cercueil de verre.

Tous ces visages, ces regards qui nous disent :

Je voudrais que tu te souviennes de moi, même lorsque je t'aurai complètement oublié.

03

Carnet – « *Au bord du lac, la veille de rentrer à Paris, une fillette d'une dizaine d'années et son frère jouent.*

Dans l'eau, le garçon avait dit : "… on dirait que t'aurais pas vu que je me cachais. Tu me chercherais." Sa sœur lui avait répondu : "Mais non, je te cherche pas." Il s'était caché derrière une des bouées du périmètre de nage, la tête au ras de l'eau. Attendait. De sa cachette il avait appelé : "Ben là, maintenant tu me cherches…" La fillette, levant les yeux au ciel, avait soupiré dans une exaspération de comédie : "Thomas… mais enfin, pourquoi voudrais-tu que je te cherche ?" »

04

L'avion avait volé.

S'était posé. J'étais sorti. Les contrôles. Un taxi sur un parcours familier, un peu plus d'une heure.

Retour dans la chambre d'avant.

Le truc bien c'était la coiffeuse croisée dans l'escalier, qui m'avait passé la main dans le dos. Comme un geste pour me dire : « bon courage ». Pour le reste, tout le monde avait été très gentil au Full Moon, Fon, Yuï, Nit Noy étaient adorables. J'étais chez moi : la chaleur, les odeurs, les rires, les néons.

Je disais « *broken heart...* » et ça comprenait. Elle attendait une fille, on m'avait dit. Une petite Ann.

Ce soir je n'avais envie de rien, mais c'était le premier soir.

Ann, t'es où avec ton ventre rond ? Comment tu vas ? Comment tu dors ? Comment te sens-tu ce soir ? Est-ce que tu sais que je pense à toi ? Où que tu sois, quoi qu'il y ait. Peut-être à quelques centaines de mètres de ma chambre, dans ta chambre. Heureuse ? Je ne veux pas y penser.

Demain, je verrai Kae.

Penser à toutes. À d'autres. À la coiffeuse à peine vue. Penser à ce qui est devant.

Cette nuit-là, j'avais rêvé d'elle. De ses mains disparues du tour de mon cou. Elle, assise à une table en formica, sous une mantille blanche de veuve vierge. Un décor de tables grises, de tabourets bleus. Une gamine balayait. Des fuchsias s'agrippaient aux barreaux d'une fenêtre.

Le lendemain, j'avais rangé un peu, organisé la chambre. Pris un café en bas, à l'endroit habituel. Fait des courses. Tout prenait place, rapide, familier, fluide et doux, dans un monde à ma taille. Proche. De poche.

J'avais toujours sa voix dans la tête. À chaque instant, chaque coin de rue. Tout ce qu'elle m'apprenait, avec sa patience, sa bienveillance de grande sœur miniature.

Nous sommes toujours des petits devant elles. Des petits frères excités et brouillons qui veulent jouer les grands. D'où leur sourire patient, toujours, devant notre agitation du monde, elles qui le prennent tel qu'il est, contournent, s'appuient, s'y glissent.

Le soir j'étais sorti seul.

L'armoire pleurait les robes, les dessous, les dentelles dans les tiroirs.

J'avais retrouvé Kae.

Maintenant, elle dormait, comme une ancienne maîtresse. Il était bientôt midi.

Hier soir, au Candy Shop, j'avais retrouvé la même énergie.

Allumage de tout ce qui passait. Échanges à distance. Comme un fil invisible. Elle se souvenait de tout. Des musiques, des bus, des soirées – cinq jours, il y a cinq ans, et c'était marqué pour la vie.

Elle m'avait dit : « *You broke my heart…* », et le vent sur la mer lui avait fait venir des larmes aux yeux, qui brillaient dans la nuit.

Dire que tant passaient à côté de ça ; de cette humanité à part, de ce drôle de trafic qui fracassait les cœurs et qui laissait par terre. De ces corps donnés à nos vies paumées, avec leur drôle de cervelle qui pouvait s'affoler, leur cœur qui pouvait s'accrocher à n'importe quel barbelé.

En passant devant le Living Doll, on avait croisé Bank. La même, amie, une sœur. Toujours en bas blancs. Toujours la moue Bardot et nos mains qui se trouvaient. Kae avait parlé avec elle.

Une vie inoubliable qui s'écrivait sur l'âme au poinçon.

Le jour montait derrière les rideaux bleus quand on s'était couchés.

Maintenant, elle dormait.

Le dragon au bec jaune et aux yeux pailletés qui enroulait sa queue autour de sa jambe pour ouvrir ses griffes et ses ailes rouges et vertes sur son dos semblait dormir aussi.

Hier soir, elle avait dit : « *You fuck me like my husband.* »

La musique dans la chambre :

On fera des voyages, mon amour si t'es sage.

La veille au Candy, un ami français m'avait raconté sa femme qu'il avait trouvée pendue, au réveil.

Ils habitaient dans le Sud. Ce matin-là, il avait trouvé un mot sur la table du salon de leur pavillon : « Je suis là-haut. » Quand il était monté sur la terrasse, elle était là. Au bout d'une corde.

Il avait voulu la soulever pour la décrocher. Avait été chercher un couteau, de l'aide. La police l'avait interrogé plusieurs heures.

La veille au soir, il ne voulait pas croire que Kae n'avait pas toujours été une fille.

Elle dormait sur le drap.

J'étais sorti.

Habituel café, et le petit théâtre de la rue encadrée par l'auvent.

Des gros passaient en scooter, les filles passaient en dansant, la nuque droite, les enfants marchaient dans les jambes des mères, yeux noirs et bouche ronde sidérée.

Ma ville.

Il n'y avait aucune ville au monde où les gens soient si nus.

J'étais calme. Pas d'envies, mais sans ennui.

Un temps contemplatif et sage. Peut-être je verrais Nuy ce soir-là. Temps sans attente, comme ces filles en face, devant le salon de massage, sur leurs tabourets. On pouvait dire, comme un troupeau devant des rails, on pouvait dire aussi, comme les feuilles d'un arbre dans le vent. J'écrivais. Le ciel devenait gris. Ça ne faisait pas ville de vacances. Ça faisait colonie lointaine sur une autre planète ou dans une autre époque. Médiévale. Les modestes métiers partout qui passaient, les échoppes, les corporations nombreuses avec leurs signes distinctifs. Les soudards de passage. Même la police faisait plutôt : gardes de la Cité.

Noter : « *Le ciel de plus en plus gris, un vent d'orage, je pense à Gide.* »

Je ne m'ennuyais pas.

Devant c'était vide et plein, comme une extension de moi, ou moi de ça. C'était.

Une fille entrait, les cheveux très longs, ondulés, en robe son – couleur blé —, comme Khun il y a longtemps. Visage carré, pommettes saillantes.

Les taxis-motos tapaient des mains. Un homme en tee-shirt Boss trop grand pour lui passait avec ses deux copains de la veille, Ray-Ban les trois, en file, baskets orange. Les armées féminines du démon traînaient des pieds dans la poussière, en montant leurs mains jointes pour se saluer. Des acrobates d'échafaudage évoluaient dans les airs sur des espaliers de bambous avec des gestes précis de danseuses.

Des marchands ambulants poussaient leur charrette. Les shorts en jean, les lycéennes en chemisier blanc, Jésus sur un taxi et des pubs de go-go's : *The Ultimate*, *The Original*, *The Best*, etc. Les tatouages comme des flammes noires sur les bras rougis.

Froisser le paquet vide vert et souple. Le claquement du Zippo chromé. Le carnet ouvert devant la rue aux teintes assourdies.

Une petite fille brune, les cheveux piqués d'une fleur fluo entrait et vendait des lotus. Infante sérieuse et souriante.

Où j'irais après ? Je verrais. Marché ? Massage ? Mails dans la chambre ?

Dans le bar, ça se tapait sur les cuisses, Anglais, Australiens, ça riait à gorge déployée. Ça parlait fort, se vautrait, jambes écartées. Les bières, les ventres. Les shorts longs leur faisaient des jambes courtes, les pieds dans les sandales épaisses. Tout était déformé. Des filles passaient avec des sacs au bout des doigts, à côté des goitres, des visages rougis, des ricanements asthmatiques. Elles se parlaient de loin, échangeant en lisant sur les lèvres, un doigt levé, piochant des nouilles avec des baguettes – ballet du bol aux lèvres –, eux se grattaient le nombril, le front soucieux, le crâne brillant. L'air sûr toujours. Leurs mains croisées sur leur panse comme pour protéger un bébé. « *Yeah… Mean… Fuck !* » Les têtes opinaient. Des avis édifiés, des blagues fatiguées. Ça s'esclaffait tous les trois mots, comme des pantins difformes aux épaules et au ventre tressautant.

Noter : « *Nos ventres, que fait-on de nos ventres ? De quoi devient-on enceint qui ne naîtra jamais ?*

Et ce bizarre effet de l'âge qui fait que plus l'esprit se range, plus le corps s'anarchise. Les cheveux disparus migrant dans des sourcils hirsutes, dans les oreilles, les nez. Des airbags de chair surnuméraire et mutante s'agrégeant n'importe où : ventre, fesses, reins, pieds, cou – comme pour anticiper, parer tout choc encore possible. »

Dans la rue, ils passaient, à l'arrière de scooters, comme de grands enfants craintifs qui laissaient trimballer leurs quatre-vingt-quinze kilos par leur copine miniature ou au guidon de trop grosses motos bloquées dans le trafic, s'énervant sur la poignée des gaz.

Ma ville.

Derrière sa carriole de fruits une femme passait ses doigts dans les cheveux de son mari. Un petit garçon sur le porte-bagages d'un vélo laissait échapper son paquet de chewing-gums. La grande sœur ou la mère se garait pour le ramasser. Des voitures passaient à côté.

Mon carnet sur les genoux.

Des Hollandais, autour, craquetaient une langue pleine de *r* fricatifs et de *h* expirés venus du fond de la gorge. Des Français parlaient bouffe : « Bavette, moi j'suis plutôt bavette, bavette et patates. » Se claquaient dans les mains.

« Les limites de notre langage sont les limites de notre univers » – Wittgenstein.

Au-dessus d'eux, sur un écran, une femme en kimono blanc, les mains jointes, demandait pardon à la mer, sur la plage de Fukushima.

Des étincelles dégringolaient du haut des étages en travaux sur les mannequins argentés en tenue de soubrettes parés de porte-jarretelles anagéographiques, de dentelles et de colliers de chien, d'une boutique de lingerie.

Un couple amoureux sortait d'un magasin d'or chinois. Des Indiens aux épaules velues. Des mères droites aux guidons des vélos.

Une femme en pantalon clair imprimé de papillons colorés, assise en amazone à l'arrière d'un scooter, souriait en parlant au bébé blotti dans ses bras, ses escarpins faseyant dans le vent.

Un culturiste en débardeur saumon remontait la rue, ceinturon large et blanc de fille autour des hanches et les yeux faits.

Un monde parallèle. Cette ville qui offrait refuge au désir des hommes.

Un farang âgé traversait en portant son bébé métis dans ses bras.

Des trésors à regarder partout.

Des gouttes larges commençaient à tomber. L'Oasis clignotait. Les Hollandais partaient.

Il pleuvait.

La télé déroulait une émission sur les chantiers extrêmes, avec des ouvriers à casquette rouge et de longues pattes encadrant leur visage.

Le mec à la télé expliquait. On s'en foutait. Qui pouvait regarder ça ?

Ça tombait à seaux, maintenant.

J'avais laissé deux billets gris sur la table, avec l'image du roi à lunettes.

Il était temps de rentrer.

05

Je critiquais beaucoup mes congénères.

Peut-être que je ne les aimais pas assez parce que je les comprenais trop.

« L'homme désolé » d'Arendt. Isolé au milieu des autres, au milieu de lui.

Peut-être que je ne les aimais pas trop parce que je ne les comprenais pas assez.

Une sorte de daltonisme.

La bulle des femmes / les échafaudages des hommes.

Peut-être que je ne les aimais pas parce que Ann manquait.

06

J'avais retrouvé Nuy au moment où j'allais partir du Babydolls.

Elle avait de nouveaux seins. On s'était assis. Touchés. Les bras, les fossettes de quand je l'avais connue.

Les souvenirs vivaient toujours.

On avait vécu quelque chose ensemble, quelques jours au fer rouge. Le sel et le miel.

Comme un film de vacances super-8 : muet, scintillement, saute d'images, couleurs saturées. Ann et elle. Une île. Le sable mouillé sous leurs pieds. Le vent et la couleur de l'eau.

Des images :

Ann enroulée sur le lit dans une chemise trop grande, encore humide. Nuy se levant, tee-shirt, pieds nus, cueillant sur le balcon une culotte qui sèche, les bras minces comme des brindilles.

Le plaisir de s'éveiller gardé par un duo de cheveux noirs sur l'oreiller.

Ann qui m'offrait ça, le sel et le miel.

Un jour, on aura un dentier, mais on aura vécu ça.

Avant de sortir j'avais reçu un mail d'Alice, douze ans, ma deuxième fille.

Très beau. Elle grandissait, pensait, voyait. Tenait son journal. Se posait mille questions. J'avais de la chance de tout ça autour de moi, même si je faisais tout maladroitement. Elle s'était embrouillée avec sa grand-mère. Elle écrivait : « Grand-mère ne croit ni ce qu'elle voit ni ce qu'elle entend. Elle ne croit que ce qu'elle pense. »

C'était souvent le cas.

Ici c'était l'inverse. On allait à l'essentiel : se toucher.

J'avais embrassé Nuy, trois ans après, comme si c'était la chose la plus naturelle du monde, souffle contre souffle, sans savoir qui avait commencé.

C'était comme une chambre dont on rouvre les volets. Trois ans. C'était il y avait trois ans. Elle en avait vingt-six maintenant. Un mélange de : c'est bien de se revoir, et de : on sait que c'est éphémère. Comment on fait avec ce genre de papier de soie dans le vent, pour l'attraper sans le froisser ? On y va doucement, on s'encourage. On sait que c'est factice et en même temps qu'il n'y a rien de plus important, vital. Vital, pour vie. On est au centre d'un moment. Sans futur. Alors, on se sourit et on se tient les mains, un peu maladroitement. Sans y penser, en y pensant. En ne pensant qu'à ça. Jusqu'au baiser. Sans savoir qui a commencé, mais en ayant envie d'y rester.

Ensuite, elle était remontée danser, parce que c'est ce qu'elle faisait : se montrer à tout le monde.

Je la regardais, au milieu des autres. Des autres sur scène et des autres dans la salle, et je savais que ça s'écrivait dans le tiroir : *important* et dans le tiroir : *riche*.

Pourquoi nos peaux s'entendaient-elles si bien ?

Même si je préférais quand elle n'avait pas de seins, naturelle. Elle en parlait. « *These are too strong. My new sponsor gonna pay me new one. Softer, in few months... And I want put plastic in my nose* », avec un geste de nez long – occidental – de la main.

Des seins plus souples, un « sponsor », du plastique dans son nez. Ses projets. Son futur, son programme. C'était ce qui faisait qu'elle n'était pas Ann, et en même temps ce qui la rendait touchante.

Petite machine désirante ; souriante et déterminée. Qui avait tellement avancé depuis son arrivée. Sakeo, Bangkok, en robe qui tourne, découvrant la ville.

« *I want a future.* »

Elle avait toute mon admiration.

Je lui avais dit de ne rien changer à son visage. Surtout pas son nez. Que j'aimais bien avant, quand je l'avais connue, qu'elle venait d'arriver.

Depuis, elle s'était mariée. Avait vécu trois ans en Allemagne, à Munich. Elle avait appris l'anglais, l'allemand. Avait fait le tour de l'Europe. Fait construire une maison pour sa mère. Acheté une voiture, deux motos. Et puis, elle était revenue. Elle voulait vivre ici. Son mari ne pouvait pas suivre. Ils s'étaient séparés. Maintenant, elle se cherchait un nouveau futur, en avait les plans – très précis –, qu'elle m'avait exposés, finissant avec cette question au matin dans la chambre : « *Are you rich ?* »

Pendant l'amour, elle gémissait comme une écolière de film japonais. Qui ne veut pas. Qui veut. Se laissait faire.

Au matin, encore endormie, à demi tournée, enroulée dans les draps, elle s'était blottie contre moi, chuchotant : « *You want to boom boom me?* »

Son cou comme un fourreau ouaté, sa peau, plus fine, si sensible juste derrière son oreille. Ses mains fraîches. Ses baisers lents, cantharides. Ça rattrapait tout, le côté industriel, arriviste et petite entreprise.

Il faudrait parler des pages de la douceur de sa peau, de l'incroyable d'avoir cette poupée de film X dans les bras, allongée sur le dos, les jambes, une relevée, ses seins, son visage dans ses cheveux et le doublage-son dans la space-room d'un love hotel au décor de science-fiction. Lumière violette. Plafond étoilé. Lit rond, murmure des draps noirs, peau, soie.

Ground control to major Tom…

Nuy, aux seins comme deux planètes.
Nuy et son immobilité confiante.
Nuy, la mordre pour qu'elle arrête de sourire.

Le lendemain, dans l'après-midi, je l'avais déposée chez elle. Le soir, elle était passée me prendre avec son scooter de luxe, son casque de luxe, moulée dans une robe bodycon au col étroit, les épaules découvertes.

On avait retrouvé ses copines à l'iBar. Une était avec un client, qu'elle voulait annuler pour rester avec nous. Parlottes, trafics. Nuy avait joué les entremetteuses, sur fond du *One*

More Night de Maroon 5. Finalement il était parti. Quand ça avait fermé, elle en avait pêché un autre, Japonais à lunettes, en chemise blanche à damier, timide.

Carnet – *« Nuy, noter : gamine mutante, siliconée, remixée. Noter, deux jours plus tard, encore plus en vrac que d'habitude.*

Elle, allongée sur le lit ; un derrière sorti d'un roman de Serguine, sous une serviette bleu pâle, sa main qui prend la mienne pour la glisser entre ses jambes. "Want boom boom me ?"

Ses doigts fins.

Son anglais de film : "Get a little bossy when you're hot, do ya ?"

Sa manière de se blottir contre moi en disant : "You're my gick…", *et de poursuivre :* "Your job, big money ?"

Me faisait rire. »

Ce mélange d'opportunisme et de rêves. Son autonomie – la leur, à toutes, toujours. Une armée de poupées du 25e siècle. Une armée en dehors de nos catégories épistémologiques, à la cervelle de mutante. Qui nous dépassait tous, du haut de leur mètre soixante-cinq en talons, tant spirituellement que pragmatiquement.

Danseuses et filles de Nietzsche.

De l'enfant de Nietzsche : « Innocence et oubli, commencement nouveau, jeu, roue qui se meut d'elle-même, premier mobile et affirmation saine. »

07

Faire un café. Migraine. Des cigarettes.

J'avais rêvé d'Ann, sous la forme d'une fillette gitane en longue jupe rouge, accroupie dans des phares, qui épluchait une orange.

Des murs étranglés par les ronces. Des bouts de ferrailles rouillées poussaient comme des tessons de bambous sur les plaques de béton craquelé d'un parking. Des papiers et du vent balayaient la tache rouge.

Dehors, des craquements. Le bruit diffus des voitures. Ouvrir la porte, regarder dans le couloir.

Personne.

Près du lit, un livre ouvert. Sur le bureau, un cahier devant l'ordinateur. Un stylo.

Écrire lisiblement, s'appliquer à ça au moins. Boire une gorgée du café trop chaud. Baisser la lampe pour ne pas réveiller l'inconnue encore endormie, le visage tourné, une main glissée sous sa joue.

Écrire lisiblement :

« Ses cheveux étaient longs et je ne voulais pas qu'elle les coupe. »

Avoir revu Nuy, aller avec d'autres, c'était penser à Ann encore plus.

Ann, qui disait : « Pourquoi ne voit-on pas le vent ? Parce qu'il est invisible. Pourquoi est-il invisible ? Pour ne pas nous faire peur. »

Écrire lisiblement :

« Ann ? Accepter. Ne pas croire qu'on peut mettre de l'eau dans une cage. »

S'ennuyer, recopier : *« J'ai peur d'un tas de choses. J'ai peur du vide et des tunnels. Mais je suis aussi sacrément courageux. Je regarde pas, puis je saute.*

J'espère te voir à l'atterrissage. »

Sortir le soir, quand même.

Sortir le soir pour voir, en comptant sur le principe d'incertitude de Heisenberg : l'impossibilité de connaître *à la fois* ma position *et* ma vitesse.

J'étais là depuis huit jours.

On voudrait…

La ville était grande, la nuit sucrée.

Je faisais des rencontres.

Elle n'était pas bien haute, une souris dans le carré blanc de lumière brutale d'une vitrine découpée dans le noir, au fond d'un passage que personne ne trouverait. Elle portait des nattes. On m'avait fait entrer.

À l'intérieur c'était rose, feutré. Un cocon.

Des banquettes panthère s'encastraient dans des accoudoirs larges, de formica blanc. Comme un lounge.

Elle s'appelait Chon, comme Chonburi, la ville. L'humeur et le sourire toujours, qui guidaient, plus que la forme. On était restés un moment au bar, « *I'm shy* », elle avait dit, et puis l'escalier rose.

Le trousseau de clés dans sa main avait cliqueté à chaque marche.

Elle revenait d'un mois à Singapour.

Elle faisait tout lentement. Sa langue au goût d'anguille, ses baisers japonais. En descendant, elle m'avait demandé : « Tu reviendras ? On n'a pas beaucoup de clients, tu sais. Tu pourras en prendre une autre, ce n'est pas grave. » Avant, elle avait rangé la chambre, refait le lit.

Maintenant elle fumait, appuyée près de moi devant la porte. Ça fermait bientôt.

La sueur en bas de son dos.

Sa petite tête brune, sa lenteur. Son : « *I don't know…* » quand on avait changé de position.

« *You look sad…* »

Elle m'avait proposé de venir. De rester dormir avec moi cette nuit.

J'avais dit oui.

Est-ce qu'on était ridicule à vouloir les garder toute la nuit, ces filles qu'on ne connaissait pas une heure avant ?

Pas toujours.

Un peu, peut-être.

Perdus. Comme on s'accroche à quelque chose au milieu de la mer.

Quelqu'un qui aide à traverser la nuit.

Est-ce qu'on avait l'air ridicule avec nos petites sœurs d'un été ?

Oui.

Est-ce qu'on aurait voulu avoir vingt ans de moins ?

Oui, aussi.

Pour l'esthétique. Nos visages, par égard pour leurs visages. Pour ce couple qu'on formait, qui nous surprenait parfois dans un miroir.

Pour la gueule mais pas que. Mentalement aussi, au niveau de l'espoir. On aurait voulu avoir compris plus vite. Même s'il semblait qu'on ne puisse pas faire ce genre d'économie.

Pour elles surtout, ne pas leur infliger ça.

On demandait souvent, elles s'en foutaient.

08

Elle était partie en fin de matinée.

Avait demandé « *See you soon ?* », en m'embrassant, les cheveux encore humides de la douche.

Un sourire et un signe de la main quand elle avait dévalé l'escalier, ses sandales claquant sur le carrelage.

J'avais fermé la porte. Le téléphone avait sonné.

Un nom s'était affiché.

C'était Ann.

Le bébé était mort.

09

Elle était dans sa famille.

Malade – la tuberculose. Elle pesait 34 kg.

Elle était rentrée en urgence à l'hôpital le 17 juillet. Le bébé était un garçon. De moi. «*What you imagine, baby?*», de sa voix de poupée.

Il avait vécu une nuit. Au matin c'était fini.

Elle avait imité ses petits gémissements. Dit qu'il était grand comme une bouteille d'eau. «*He was so cute... Il avait ton nez.*»

Elle disait que lui avaient été épargnées les difficultés de la vie : «*He was so small. No more hard life...*»

J'écoutais. Derrière la fenêtre, le ciel se sulfurait de nuages gris-jaune.

Elle était quelque part à l'ouest, dans une maison de bois. On entendait un coq chanter, les enfants qui revenaient de l'école, le claquement du métier à tisser de sa tante.

Elle était très fatiguée, dormait beaucoup. Demain, elle devait retourner à l'hôpital pour une journée.

Elle avait parlé encore du bébé, puis passant au présent elle avait ajouté : «*You can have ladies, baby. I know men*», avec un rire gentil.

J'avais dit que je prendrais le bus demain soir.

On avait raccroché.

J'étais passé retrouver Kae près de la plage. Je n'avais rien dit. Je lui avais offert une fleur achetée à une vendeuse dans Walking.

Le soir, Ann avait rappelé.

Sa petite voix cassée, longtemps, dans la rue devant le Full Moon.

Loin.

Je lui avais passé ses amies. Tout le monde voulait lui parler. Sourires et paroles sages quand elles lui répondaient, cris gais quand elles avaient terminé.

On venait de ce monde.

On voulait être là, dans cette humanité profonde. Ce tissu. On voulait ces conversations, ce téléphone qui tournait d'une bouche à l'autre, à cinq cents kilomètres de distance, pour qu'elle se sente moins seule dans sa jungle.

On m'avait repassé sa voix au téléphone.

Elle s'inquiétait pour moi. De mes retours lorsque je sortais tard. Comment je conduisais quand j'avais trop bu. Elle se grattait à cause des médicaments.

Des Taïwanais, des Coréens passaient, en groupes raides, crispés, sacs en bandoulière. Un homme sans bras enlaçait sa copine. Les filles sur leurs tabourets échangeaient entre elles ou rêvassaient – les yeux dans le vague, de la musique vissée dans les oreilles – ou hélaient bruyamment les passants.

Les cheveux soyeux, les profils doux et fins.

Tout restait beau. Unique.

Kae était passée me dire au revoir.

M'avait demandé de l'argent pour aller à une fête avec ses amies.

Au crayon bleu elle s'était dessiné la fine moustache mousquetaire des filles de CocoRosie. Ça lui allait bien – Genet et *Beautiful Boyz.*

Ré mineur, si bémol, la bémol.

Pimps and queens and criminal queers

« Maquereaux et reines et pédés criminels. »

Avant de dormir, Ann m'avait envoyé un message : « *Wait for you sweetheart.* »

10

Bus de nuit sur Third Road. Mookie m'avait accompagné à la station.

Sur la route, Ann avait appelé pour savoir si tout allait bien. J'arriverais vers cinq heures du matin.

J'avais sorti mes écouteurs. La nuit tout autour. La route dans les phares glissait en moi son signet.

Encore quelques heures, les plus longues.

Ne pas fermer les yeux, pour boire toute cette nuit, avec au bout : elle.

Monter la musique, convoquer des fantômes, des histoires. Rappeler des souvenirs, le long de cette route.

Cette route qui ne s'arrête jamais. Qui nous suit, ou que l'on suit ? Qui sait ?

11

Le frère d'Ann, vingt ans, gay, très doux, était venu me chercher sur l'esplanade de la station-service, à l'entrée de la ville. Le soleil se levait.

Au milieu de la route, le tronc d'un gros chien beige, percuté dans la nuit, gisait, les pattes arrachées, comme un sac de ciment écorché et saignant. Ce devait être récent. Il n'y avait pas encore de mouches.

Ann sortait de la douche quand j'étais arrivé. Fétu enroulé dans une serviette vert d'eau qui laissait ses épaules découvertes, les bras croisés sur la poitrine, dans l'encadrement de la porte en plastique encastrée dans un mur de parpaings et de planches.

Je reconnaissais ses yeux, le sourire, les joues brunes.

Une prière à l'étage de la maison, avec la famille, pour que l'esprit des ancêtres me protège.

La lumière filtrait à travers les planches disjointes sur le profil d'une petite fille et sur les bras décharnés d'Ann. Des offrandes et de l'eau. Au mur, une grande photo du roi.

J'avais voulu y être.

J'y étais.

Issan. Les toits de tôle, les cabanes sur pilotis, le vert et le bruissement des palmes tout autour, les enfants accroupis dans la poussière. La tante et la mère crachaient du bétel, de concert.

Les poules, le « bled », les vaches. Le temps à ne rien faire sous les arbres.

« *Farang maa…* » : l'étranger est venu, chuchotaient les enfants – Amy, son fils ; Bird, le petit frère de huit ans ; la petite M : la fille de sa plus jeune sœur.

L'ombre profonde de la forêt, quelques maisons de bois, les bambous hauts grinçaient comme des mâts dans le vent. De grandes plates-formes d'osier, des outils.

Le manque de sommeil rendait tout délétère, rêveur, fantomatique. Je n'avais pas fermé l'œil de la nuit, absorbé par la route dans les phares – le pointillé jaune comme un compte à rebours dans les lumières au sodium.

La journée s'était passée à parler, à dormir.

Des chiens trottinaient par deux, terreux. Des femmes aux dents déchaussées, des hommes aux mains croisées dans le dos, les ongles bordés de noir, passaient sous un prétexte quelconque emprunter quelque chose. Des petites filles curieuses, en pyjama ou en short, observaient de loin, le cou tendu, serrées les unes derrière les autres, avant de s'égailler en riant.

J'osais à peine effleurer Ann de peur de la casser. À cause de sa famille autour, aussi.

Qui j'étais ? L'étranger. D'ailleurs.

Le soir, la mère nous avait servis. Ann avait un régime à part, dans une vaisselle à part.

Les ombres du soir descendaient. Les dernières lueurs cuivrées du soleil passant entre les branches agitées par le vent zébraient les yeux par éclats. Çà et là, des taches claires mouchetaient la terre et les haies de fougères, voletant et se posant comme les ailes de papillons. Le calme était partout. Une exhalaison douce montait des arbres, se mêlant aux fumées pâles et dansantes des braseros, où des mères en sarong, accroupies, cuisinaient.

Tout était poussière, magie, charme.

Un cercle d'enfants assis en tailleur, le menton dans les mains, jouait avec des scarabées débusqués au milieu d'éboulis d'herbes sèches. La petite M, à plat ventre dans la terre, babillait avec une dînette et quelques peluches de chiffons. Bird recopiait ses devoirs.

Un peu partout, sous les pilotis, des barres de néons pendus s'allumaient.

Ann, appuyée contre moi sur le banc devant la maison, me racontait la maladie, le bébé, l'hôpital. Je faisais le tour de son bras avec deux doigts.

Plus tard, je l'avais portée à l'intérieur pour la coucher sur une couverture à même le sol, sous une moustiquaire de tulle rose. Dans la nuit, elle s'était blottie, encastrée dans mes bras, la tête au creux de mon épaule, respirant doucement, la bouche protégée par un masque fleuri.

12

Premier matin, le coq, tôt. Le même que j'entendais au téléphone il y avait deux jours.

Il était cinq heures.

J'avais dormi d'un trait. Le jour n'était pas encore levé. Du gris montait derrière les tôles ondulées du toit. Chuchoter avec Ann. Un réveil. La mère allumait les néons.

Un café dehors et le calme tout autour.

Les poules étaient levées. Des chants d'oiseaux et le bruissement de la mère qui balayait la terre. Vers six heures un haut-parleur, au loin, derrière le rideau de palmiers avait lancé la mélopée d'une voix vaporeuse qui disait que le cœur de la fille des rizières était heureux.

Sur le balcon de la maison de la grand-mère, en face, un petit garçon tout nu était sorti pour faire pipi à travers la balustrade de bois sur le toit rouillé qui abritait des vaches. À côté se trouvait la maison d'une tante qui habitait avec la jeune sœur d'Ann et la petite M. Plus loin, une autre tante et le frère.

Des ombres de femmes s'affairaient en silence sous les pilotis. Un vélo s'éloignait. C'était samedi, pas d'école.

Tout était doux. Le cahier et du vent.

Le soleil se levait.

Hier soir, la grand-mère avait dit au fils d'Ann : « *You have papa now.* » J'avais failli faire ma Dolto, et puis je m'étais dit qu'ici je ne savais rien. Plus tard, à quelqu'un qui lui demandait, il avait répondu : « *Not my daddy… Papa !* »

« *Papa* » était resté.

Par la suite, il m'accepterait avec un mélange d'enthousiasme et de timidité, sans aucune des jalousies habituelles inhérentes à ce genre de situation.

On était ailleurs

La petite M faisait des bulles en gazouillant, la mère lavait du linge, Amy et Bird se balançaient dans le hamac, le chien Yoyo bâillait. On était dans *Martine en Thaïlande*. Un livre d'images.

Des poules hautes sur pattes entraient dans la maison, suivies par des poussins piaulant que la mère ou les enfants chassaient à coups de cris aigus.

M s'encadrait dans l'entrée de sa maison – la lumière était parfaite : la robe fleurie, les bras encore bébés, trop courts, étendus pour s'accrocher aux montants de la porte ; la bouille terreuse, les yeux brillants, sans fond.

Plus loin, dans une flaque de soleil, une fillette laissait tomber son vélo dont les rayons vrombissaient dans l'herbe.

Je logeais ça dans ma mémoire.

Dans l'après-midi, au marché, pour une dizaine d'euros, on avait empli un plein sac d'ustensiles en plastique coloré : des jouets, des paniers, des cintres, des corbeilles pour la maison, de la vaisselle pour Ann. Amy avait voulu un Sprite, qu'on versait dans un sachet de plastique débordant de glaçons. J'avais acheté un matelas pour qu'on dorme plus confortablement. On était revenus, chargés dans la voiture d'un voisin. Le vent à l'arrière du pick-up, Ann, en paquet léger et sweat jaune à capuche avec oreilles, dans mes bras.

Le soir à sept heures, la moustiquaire et les horaires à l'envers de Pattaya.

Une tante était passée emprunter quelques brandons de braises dans le brasero posé dans la poussière, où de l'eau chauffait pour la douche du soir. Les enfants rangeaient leurs jouets dans un grand sac. On entendait la télé pleurer dans la maison, avec la grand-mère devant.

Plus tard, Ann avait pris sa douche dans un baquet, dans le réduit de parpaing à côté de la cuisine. Dans la nuit la sœur et son mari peinaient à démarrer le scooter familial, en route pour une soupe de nouilles, la petite M jacassant assise entre eux.

Le nouveau matelas posé par terre, un drap rose et la grande moustiquaire carrée.

La mère dormait dans la pièce à côté, avec Amy et Bird, séparée de nous par une cloison faite de deux armoires.

Le lendemain quand je m'étais réveillé, le ciel était encore noir. On entendait déjà la mère qui balayait dehors, lavait la vaisselle à grande eau.

Il fallait une heure pour passer de la nuit à un jour laiteux qui révélait une étendue de terre ocre, de plaques d'herbes pelées, de maigres feux d'ordures fumant autour.

Ensuite, le wok noir de suie sur le foyer devant la maison, la mère accroupie sur ses talons, l'odeur du feu et la voix des enfants qui l'appelaient d'une voix embrumée de nuit, de cauchemars et de rêves. La voix dehors qui répondait, rassurante ou grondante, au milieu des raclements des baquets, des bassines.

C'était dimanche.

Les jouets étaient déjà sortis sous le hamac dans la terre couleur miel. La tante revenait de la forêt avec un sac de champignons. Deux petites filles en pyjama essayaient de décrocher une noix de coco à l'aide d'une longue perche en bambou. Sur le toit de la maison de la grand-mère, une parabole de grillage noir retenait encore quelques lambeaux de brume. Des coqs se répondaient de loin en loin.

Une vie immuable.

Une vie immuable de pyjamas clairs à volants devant la jungle verte, de champignons tordus, de chiens jaunes et hirsutes et de poules dans la terre qui s'enfuyaient en silence lorsqu'elles avaient pu dérober quelques grains de riz échappés dans la poussière.

J'avais l'impression de connaître cet endroit depuis toujours ; d'avoir toujours entendu ce bruit d'eau qui giclait sur le ciment pendant qu'Ann se lavait.

Tout était calme. Café.

Devant la maison, trois générations échangeaient sous l'auvent : la grand-mère, la mère, Ann. La quatrième, Amy, jouait avec un camion en plastique.

De l'autre côté de la table, je la regardais : son profil d'ombre, la découpe. Je pensais au passé, à mes origines : les

HLM de brique rouge, le petit garçon trop pâle. Il n'y avait pas de mots, pas de raisons.

En début d'après-midi, une femme était passée pour la masser. Le sourire, les mains fortes. Ann s'était endormie dans le souffle léger du ventilateur.

La mère semblait prendre confiance.

On avait emprunté le scooter pour aller en ville. Au marché, on avait acheté un nouveau ventilateur pour la maison, de la viande, des fruits ; j'avais pris un carton de Leo Beer, du whisky pour le soir. Sur la balance du Seven, elle était montée à 35,5 kg.

Le soir, des bières avec tout le monde.

Le frère, en baskets roses, parlait anglais avec moi. Autour, les tantes et la grand-mère, des voisines, piaillaient, chiquaient, crachaient entre leurs dents déchaussées ourlées de noir ; les enfants cavalaient, se chamaillaient, se réfugiant tour à tour dans les bras de l'une ou l'autre des femmes.

J'avais raconté Pattaya, sans évoquer Nuy, évidemment. C'était tricher ? Moralement non, pour moi. Elle se serait sentie trahie. Une blessure inutile. N'aurait pas compris que je la croyais définitivement disparue.

Ann m'avait raconté qu'elle crachait du sang à l'hôpital ; avait voulu mourir. Me décrivait cette mousse visqueuse qui remontait des poumons et remplissait sa bouche. Elle parlait du bébé, toujours avec ce mélange d'acceptation et de tendresse. « *So cute... Cannot stay.* »

Royaume de Siam, j'étais entré dans le livre. Les maisons de bois, les moustiques, la moiteur, ma fiancée tuberculeuse et sa famille. Derrière la maison, les arbres s'alignaient à l'infini le long des rizières noires.

Le lendemain matin, un feu de paille sous les bambous répandait un parfum d'eucalyptus, la petite M s'était levée, avec son biberon, les yeux encore embrumés.

Ann s'était fait piquer la main par un bébé scorpion semblable à un bijou d'ambre, en repliant la moustiquaire. On avait versé de l'essence, prise dans le scooter, dessus. « *Benzine good...* », avait dit la tante. La mère, à vélo, avait accompagné les enfants à l'école, c'était Buddha Day.

Quand les enfants rentraient, on allait au marché. J'étais content qu'Amy me prenne la main quand on marchait dans les allées.

Le soir, un vieux monsieur était passé, très élégant, en gilet, un peu anglais. Il travaillait au collège, à côté. On aurait pu le prendre pour un professeur, mais il m'avait expliqué qu'il y faisait le ménage. Il était venu avec une de ses nièces, Om, qui s'était jointe au cercle d'enfants pour jouer à un genre de jeu de cartes Pokemon.

On avait mangé dehors, devant la maison. Un énorme poisson, du riz gluant. La mère avait branché le nouveau ventilateur pour éloigner les moustiques. Dans l'après-midi, elle avait consulté un moine à propos de la date de bon augure pour l'achat du nouveau scooter que je voulais offrir à la famille. C'était le lendemain vers dix heures.

Dans la nuit, les enfants jouaient avec les toupies lumineuses trouvées la veille au marché. Je m'endormais toujours le premier.

Tout était simple.

Il y avait les enfants, les animaux, les gens toujours en grappe.

Il y avait la nuit, les néons, la forêt sombre autour.

Il y avait la terre.

Ici, on pouvait croire à quelque chose. On voyait leurs mains calleuses, leurs dents noircies par le bétel, les quelques gouttes de whisky qu'on répandait par terre, pour Bouddha, quand on entamait une bouteille. On voyait les routes droites au milieu des rizières inondées. Les familles, dans les maisons, qui mangeaient à même le sol sur des toiles cirées colorées qui servaient de lino. On voyait les enfants dorés qui jouaient sous les arbres. On avait béni le scooter.

J'étais là depuis une semaine.

Je serais bien resté là pour toujours.

À emmener les enfants à l'école en croisant la procession clairsemée des uniformes le long de la route, comme les cailloux du Petit Poucet. Les têtes curieuses qui se tournaient au passage du farang. Les coiffures bobtail, franges et nuques nettes, les visages de statues aux yeux et aux lèvres dessinés.

Les déposer, au milieu des autres petits élèves, des toboggans sur la pelouse immense et des prières des haut-parleurs en haut des mâts.

En rentrant, devant la maison de la sœur, M sortait de la salle d'eau en parpaing, petite boule mouillée toujours pépiante, installée sur les genoux d'une tante qui la bouchonnait en jutant régulièrement des giclées rouges de bétel entre ses pieds.

Des doctoresses passaient deux fois par semaine. Elles étaient trois. Prenaient des photos, sortaient des dossiers, commentaient le carnet de santé qu'Ann tenait tous les jours, notant la prise des médicaments, son poids, son état général. Les femmes de la famille, alignées en veste noire traditionnelle, écoutaient.

Carnet – 20/08/2013 :

« Au marché, trouvé des stylos qui écrivent bien. Vingt bahts.

Relevé mes mails ce matin, pas tous regardés – comme des nouvelles d'un autre monde.

Quelles étaient les probabilités de dormir avec elle, ici ? Si loin. Si tard.

Qu'on se ressemble, plus qu'avec n'importe quelle autre.

Quand il pleut, la pluie sur le toit fait le même bruit qu'en Auvergne il y a longtemps. Un bruit d'ailleurs – l'enfance est une notion, un sentiment géographique. Un endroit. Un pays. Quelque chose qui n'a rien à voir avec le temps.

On peut parler d'exil.

Pareil pour cette maison. On n'aurait rien voulu changer à ce camping, ce bricolage. La mère qui exécute les moustiques tous les soirs à la raquette électrique, les garçons qui chahutent sur les matelas par terre devant la télé trop forte. Ann qui se douche dans un baquet. Le ventilateur, la nuit, devant la moustiquaire aux coins bordés sous le matelas. Les geckos au plafond.

– Note au Seven (devant les enfants qui réclament) : si je pouvais soulager l'époque de l'un de ses fléaux, avant toute chose, j'empalerais l'homme qui a inventé les chips. »

La vie de la mère, on ne pouvait pas l'imaginer autrement. Le fracas des seaux d'eau et du balai à l'aube. Accroupie devant le foyer, ou sur son vélo accompagnant les enfants à l'école. Dans la journée, la lessive et les parlottes, entre un riz et la famille, les jambes ramenées sous elle sur le grand lit de bambou, devant la maison. Le sarong qu'elle troque contre un tee-shirt et un caleçon, pour faire ville, quand elle va au marché vendre les gâteaux qu'elle confectionne. La masse des mains, la peau tannée, la voix toujours trop forte, pour les poules qu'elle engueule ou les enfants qu'elle houspille sans effet. Les serpents de deux mètres qu'elle débusque dans le grillage du poulailler et qu'elle tue tranquillement.

Son sourire avec Ann, plus sœur que mère – dans une même communauté de mères, de femmes qui font, prennent soin : le linge tous les jours, les enfants, la cuisine, ses amies du village.

Il y avait peu d'hommes : un oncle, un grand-père, le mari de la jeune sœur.

Je repartais bientôt en ville. Quelques jours. Pour aller récupérer les affaires qu'elle avait laissées là-bas dans sa chambre. Pour changer un peu aussi. Cesser un moment d'être le farang, l'étranger bizarre, en trop, qui perturbait – amusait et perturbait, forcément. Les laisser un peu se retrouver.

Il y avait peu de miroirs, et je me sentais tellement proche d'Ann, avec Amy qui me donnait la main, que c'était un choc à chaque fois de me voir.

Cette impression qu'on s'était connus au collège, que j'étais né là. Que c'était mon scooter, ma ville avec mon marché, ma femme et mon fils, et ma route, et mes allées de ciment au milieu des maisons de bois, des enfants amusés. Que j'aurais pu être prof ici, entouré d'uniformes bleus et blancs, de sourires et de saluts respectueux.

La nuit, la pluie tombait sur les tôles, familière. La veille on avait pris le train jusqu'à Surin, sur une envie d'Ann. La ville grande d'un coup, et surtout le train comme un spectacle, un saut dans le temps.

Sur le scooter, en revenant de la gare, sur la route droite qui filait dans le soir, elle m'avait dit qu'elle pensait souvent au bébé. Qu'elle se demandait ce qu'ils avaient fait du corps, s'ils l'avaient donné à des étudiants en médecine ? J'avais hurlé.

Je lui avais hurlé d'arrêter.

Ce soir-là, je partais. Une chemise souple qui sentait bon, une cigarette.

La mère s'accroupissait pour faire du feu en cassant quelques branches. Le claquement du briquet. Le jour gris se levait peu à peu. Le ahanement asthmatique d'un scooter qui peinait à démarrer. La voix d'Ann dans la maison. En haut des marches d'un escalier de bois, la petite M crachait dans la poussière, comme elle voyait faire sa grand-mère ou sa tante, quelques gouttes de jus vermillon éclatant en étoile sur la terre Sienne.

Le soir, attente du bus dans la petite station locale, avec la famille. Les enfants jouaient sous les palmes du parc, en face. La mère et le frère attendaient sur un banc de l'autre côté de la rue.

Bavardage ininterrompu avec Ann, comme toujours.

Elle/on se souvenait de tout.

Le bus était arrivé avec une heure de retard. Un au revoir, toujours sans effusions, d'elle. Agiter la main et voir remuer ses lèvres derrière la vitre.

Carnet – « Fast & Furious 6 *sur les écrans du bus, finissait.*

La route défilait.

On avait passé Buriram, Nakhon Ratchasima, ça montait. C'était presque plein.

Un ange en boléro rose et tee-shirt rayé, d'une treizaine d'années, s'endormait sur l'épaule de son père, se réveillant de temps en temps, les yeux sans pupille explosés de sommeil.

Sur la télé, je regardais les infos, pas vues depuis longtemps, avec une pensée pour les Beatles : "I read the news today, Oh boy…"

Les lumières vertes, les bustes affaissés dans la nuit. Un autre film bruyant maintenant et les douze heures de route noire. Loin de tout. Loin des Occidentales, de leur vie de petites joueuses.

Je n'étais plus intéressé.

Elle, elle perdait un bébé et évoquait son nez. Pas de pathos, il est parti. Il n'y avait rien d'émotionnel. Pas l'ombre. Ce qui arrivait arrivait. Il fallait accepter, rester debout, claquer dans le vent comme un drapeau…

13

… Arrivée. Sept heures. 10 septembre.

Café, cigarette. C'était agréable de retrouver la ville. Ces jours, ces nuits à venir, que je ne connaissais pas encore.

Je regardais passer les démarches fluides, traînantes, lascives naturellement.

J'aimais bien ma vie, devant ce marché sous le ciel gris lumineux, l'eau de la pluie par terre et la rue qui passait.

Devant le Seven, un couple était penché sur un landau. Lui, en débardeur Union Jack, des tatouages plein les bras, elle, make-up Amy Winehouse – eye-liner "aile de papillon", mouche au-dessus de la bouche –, chignon choucroute et microrobe moulante. »

Ann avait appelé. Cette nuit, elle avait vu un fantôme. À travers les claies de bambous qui surmontaient les murs de parpaing de la cuisine, elle avait aperçu une boule de lumière orange qui volait autour de la maison. Elle était terrorisée.

Tous les chiens s'étaient mis à hurler. La mère s'était levée. Elle lui avait dit que c'était parce qu'elle était rentrée dans la nuit, après m'avoir accompagné au bus, que les fantômes l'avaient sentie, avaient senti qu'elle était malade. Heureusement, la maison était bien protégée, ils ne pouvaient pas entrer. La prochaine fois, on irait en voiture ou je partirais de jour.

En fin d'après-midi, j'étais passé au Full Moon. J'avais payé un verre à Big One et Dia, les deux meilleures amies d'Ann, donné des nouvelles à tout le monde.

Noï, une nouvelle, m'avait allumé une partie de la soirée, pour s'amuser. La barmaid et les autres surveillaient. On avait joué au billard ensemble, bu jusqu'à la fermeture. Moments d'équilibre, châteaux de cartes. Trafic. J'étais chanceux, dans ce pays imaginaire, cette utopie.

Ces filles étaient mes sœurs, de ma race.

Le même poids du monde, la même vision d'intranquillité, de gaspillage et de nécessaire. De faim. La faim des mêmes choses. Le même amusement de cette vie qui voudrait qu'on la croie sérieuse.

Le matin Ann au téléphone, à qui j'avais tout raconté, avait ri. « *Pffff… Anyway, my friends wouldn't let you do. No way, baby.* » Ensuite, elle avait parlé du bébé. Il y avait un sourire dans sa voix.

Carnet :

« Ann est une grande fenêtre.

Il était une fois…

Au début les filles sont comme de grandes fenêtres sur du ciel bleu. Des oiseaux se posent sur le balcon.

Et puis, la fenêtre rétrécit, se voile de gris. Grince. Ne veut plus s'ouvrir.

On ferme les volets.

Mais Ann restait une grande fenêtre, qui chaque jour devenait un peu plus grande. Il y venait des fleurs, maintenant on était même dans une jungle, et il y avait des poules et des coqs qui chantaient le matin. Sa mère accroupie faisait la cuisine devant un brasero dans la terre. Son fils me donnait la main. Et même si le toit de sa chaumière était recouvert de tôles, même si les jours étaient chauds, moites et sans clim. Même si cette fille avait maintenant la tuberculose, le ciel était toujours aussi bleu et de plus en plus haut. Même si je ne pouvais que dormir avec elle sous une moustiquaire, puisqu'elle ne pesait que 35 kg, le ciel était de plus en plus haut.

Toutes ces filles avaient gardé quelque chose de profondément maternel. De profondément pur.

On avait huit ans, et elles étaient celles qui veillent, "bienveillent", celles qui protègent.

Ou elles en avaient douze, et elles étaient nos sœurs, le matin, "Your toy time", *quand on les prenait comme des jouets qui gémissaient doucement.*

Ce n'était pas une question de kilos ou de gabarit : dans tous les bus, dans tous les lits, partout, c'était toujours elles qui prenaient les hommes endormis dans leurs bras, caressaient leur front. Supportaient.

Et ces hommes étaient heureux.

Nous ne grandissons jamais, c'était le secret, et elles le savaient…

Le lendemain, j'avais pris l'étroit dédale de soïs qui menait à l'immeuble de sa chambre.

Ils avaient jeté ses affaires.

Un gardien était descendu avec moi sous l'immeuble. Il fallait presque se baisser pour progresser entre les pilotis de béton.

Tout autour de nous, dans une lumière rasante, s'étendait un no man's land de papiers, de sacs plastique, de bouteilles, de bouts cassés de meubles dans la boue, dans les flaques. Sur les touffes d'herbes couchées des chiens dormaient.

C'était Zola.

Ta vie à la poubelle si tu ne paies pas.

On était arrivés à son tas, pas haut. Les robes, la vaisselle, les boîtes, les Kitty, les paniers, ils avaient tout jeté. Toutes ses affaires, englouties par un trou noir, comme une décharge. Les peluches aux yeux de verre, les tissus, les parfums, les poupées, les dessins, les dessous doux, dans la terre, piétinés.

Un vrac de toute sa chambre.

De toute sa vie, maintenant réduite à quelques cartons éventrés qui dégorgeaient un pauvre tas de babioles, de souvenirs, d'objets aussi quotidiens que dérisoires.

Mon guide piétinait en tongs au milieu du tas, m'invitant à récupérer ce que je voulais.

Je me souvenais de la façon dont elle prenait soin de tout, et tout était abandonné ici, comme au fond d'oubliettes. Tout serait bientôt pillé, enseveli, brûlé, comme on se débarrasse de détritus, d'ordures.

J'avais fouillé dans les décombres, essayant de sauver un souvenir. Tout était… Des déchets. Elle n'aurait rien voulu.

C'était sordide. Des araignées, sans doute des rats. La boue.

Une jolie lumière tombait sur les robes, les poupées sales, les fards, ses trésors. Toute sa vie.

Parfois, je détestais ce pays.

Les couleurs se mélangeaient, tendres ou ternes, comme un tapis, une installation glauque d'art contemporain : « *Vie – sur quelques mètres carrés – d'une fille de bar.* »

J'avais appelé Ann.

Elle avait pris ça : « Les choses vont et viennent, baby. C'est pas grave, tu sais… Quand tu meurs, tu n'emportes rien avec toi. »

… Le soir, j'avais vu Nuy.

On était restés tard, au fond du Babydolls, dans le bruit, à parler. Elle m'avait dit qu'Ann lui manquait. On avait dit : une nuit, juste dormir.

Dans la rue, elle avait arrêté un taxi-moto en tendant la main, tapotant l'air deux fois, gracieusement, de deux doigts joints.

Dans la nuit, Kae avait téléphoné. Ça n'allait pas. Elle était venue.

En entrant, elle avait jeté ses chaussures aux quatre coins de la pièce – ce qui faisait beaucoup de chaussures. Son téléphone avait sonné et elle avait repris une dispute qui devait durer depuis un certain temps. Son mari, depuis la France, vociférait. Elle pleurait. Elle demandait : "You want finish with me ?" *de sa voix veinée d'embruns rauques.*

Il n'aurait pas dû.

La jalousie n'avait rien à faire ici.

Elle lui disait qu'elle comprenait, qu'elle savait qu'il avait souvent été trahi. "I love you A***…" *C'était vrai ; il aurait dû la croire.*

Il n'y avait rien de mal; rien qu'il manque ou qu'elle lui vole.

"Tonight, I did not drink" – *ça, c'était moins vrai.*

Elle voulait qu'il vienne, maintenant, vivre avec elle à Paksé. Ça avait raccroché. Elle avait essayé de rappeler. Nuy la consolait en caressant son dos, ses cheveux.

Après, c'est la police qui avait frappé. Il était quatre heures. Ça ne s'arrêtait jamais.

Ils cherchaient les ladyboys d'un massage au rez-de-chaussée, qui avaient dévalisé un touriste. Nuy avait discuté avec eux. Ils étaient très aimables. Ils avaient vaguement inspecté la chambre, la douche, puis avaient disparu dans l'escalier comme dans les films, dos au mur, jambes fléchies, braquant leur flingue vers les étages du haut.

Le matin, je m'étais réveillé entre une Kae encore triste de la scène de la veille et Nuy qui dormait encore.

Plus tard, quand on était descendus, la barmaid, qui habitait l'étage au-dessous, avait ouvert sa porte, n'avait rien dit.

Nuy avait hélé un taxi. J'avais raccompagné Kae soï Buakhao.

Le ciel était lumineux.

Après l'avoir posée, je l'avais regardée s'éloigner entre les voitures, agitant une main, de dos, l'autre portant le sac d'une soupe de nouilles qu'elle venait d'acheter dans une échoppe. »

Le soir.

Gare des bus : re-départ pour l'Issan. Des pensées pour Noï, pour Nuy et Kae, hier soir.

Des pensées vers Ann.

Ce mélange. Ce besoin de sœurs. De leurs gestes, de leur voix, de leur présence.

Comme un sens au monde – sans savoir pourquoi.

Comme si elles en étaient l'émanation incarnée. Comme si le monde était leur propriété et qu'elles en soient la seule manifestation qui nous soit accessible un peu, les seuls tout petits morceaux qui nous parlent. Ses émissaires. Ses intercesseurs.

Ses passages secrets.

Elles qui faisaient le monde patiemment, en profondeur, nous qui nous agitions à la surface.

Iron Man 3, un peu confus en thaï et sans sous-titres, dans le bus qui doublait à contresens en klaxonnant.

Toujours aucun farang.

Les plaines. Les maisons que je comprenais mieux, à présent. Les aires de bus dans la nuit, les grappes partout. Buriram.

Au Seven de la station-service, j'avais acheté des cigarettes, une petite bouteille de M-150, attendu avec un café sur les marches. Il était neuf heures. On irait au marché. Une fillette en débardeur vert à franges m'avait dévisagé – « l'étranger » –, montré du doigt à son père.

Le frère était venu avec Amy qui m'avait salué d'un *waï* timide, en souriant.

La route droite dans le matin, mes rides dans le rétroviseur. Des chiens jaunes ou noirs bordaient le parcours, ou stationnaient au milieu de la route, comme les bornes vivantes d'une sorte de gymkhana. Amy se tenait debout sur la plate-forme du scooter, entre les jambes du frère.

Le défilé des champs, les drapeaux blancs sur les rizières, le vent. Au loin, le grand bouddha doré à la coiffe de flamme montait dans le jour rose et gris.

14

Quinze jours avaient filé.

Le coq chaque matin, les bruits de la vaisselle et du balai. La mère et la tante qui déjà échangeaient des cris, ne pouvant parler à un niveau sonore normal.

La douche au seau, qui réveillait.

Café dehors.

Les enfants enfilaient les chemises blanches repassées la veille avant le coucher. Quelques vélos passaient, chargés d'une marmaille silencieuse dans le brouillard entre les arbres. Les souliers noirs, les sarraus bleus.

Le départ pour l'école était toujours un plaisir pour moi qui n'avais quasiment jamais eu l'occasion d'y emmener mes enfants.

Les files d'uniformes, différents chaque jour de la semaine, les pèlerines légères sous la pluie tiède ou le ciel pommelé bleu et blanc. La mère qui glissait dans les poches le billet de vingt bahts pour déjeuner.

On partait : Amy, Bird, Ann. M nous accompagnait parfois, tout ça tassé sur le scooter. Les chemins étroits, le ciel jaune.

Des visages se retournaient sur la route – les enfants : « *Farang!* » –, les poules s'enfuyaient devant nos roues.

Parfois, au détour d'une allée, un long serpent traversait en multiples ondulations pressées, comme une vague orpheline, noire, sur le ciment craquelé. « *He's OK…* », disait Ann.

L'après-midi on dormait, on regardait des films.

Ann reprenait des forces, sourires et douceur, enthousiaste toujours.

À l'ombre, devant la maison, sa sœur la coiffait longuement avec l'aide de petits élastiques aux couleurs acides. Des couettes, un palmier.

En revenant de l'école, on allait au marché avec les enfants. On commençait à nous connaître.

Amy me donnait la main, Ann souriait accrochée à mon bras.

Alors qu'à l'occasion j'avais été le beau-père d'occasion d'un gosse qui ne rêvait que de me voir disparaître pour retrouver le tête-à-tête jaloux avec sa mère, Amy était adorable.

Très fier, lui qui était mêlé d'Européen et presque exclusivement entouré de femmes, d'afficher un « *papa* » farang.

La jungle, le hameau de maisons dans les bois, la ville déjà familière, les enfants, elle.

Une vie simple.

Sans aucune parole compréhensible, sauf entre elle et moi. Un monde autiste et pur. À l'abri des concepts.

Juste : *être, faire.*

On achetait une gazinière pour la mère. Un carton de bières pour la soirée.

On rentrait.

Le soir, quand la chaleur retombait, balade à pied vers les étangs, avec Ann et la petite M, sur les routes longues et rouges, au milieu des rizières baignées d'eau, du vol des libellules.

Amy et Bird jouaient dans le hamac.

Un oncle élaguait à la machette un bosquet de bambous, chargeant les branches dans un pick-up conduit par sa femme. Ann sortait de la douche. M était poursuivie par un bourdon.

Sous les arbres des fillettes jouaient à l'élastique.

Je me demandais comment ces jeux simples arrivaient à traverser le temps, les océans.

Les sauts habiles, les jambes relevées, les parlottes et l'entente sur les règles incompréhensibles.

Autour de la maison, les chiens, le poil hérissé, étaient en chasse derrière la seule petite chienne. Ça grognait, se battait par éclats, les crocs exhibés.

Sous les toits, d'énormes jarres brunes vernissées recueillaient l'eau de pluie.

D'autres servaient pour l'eau potable, que j'allais chercher en scooter, par bidon de vingt litres, embarquant Amy avec moi, ou la mère.

Une vie simple.

Un village de pionniers, niché dans la forêt. Une réserve indienne, un Far West, où les scooters auraient remplacé les chevaux, sur des chemins de terre aux ornières creusées, bordés de maisons de tôle, de palmiers immenses, de signes gais de la main, partout : « *Paï naï ?* » – vous allez où ?

Un matin, un groupe d'une dizaine de collégiennes avait envahi le village, prenant des notes sur des formulaires.

On m'avait expliqué qu'elles faisaient une enquête sur la prolifération des moustiques et sur les précautions prises dans chaque maison.

Les jours suivants on avait pris des trains pour voir les villes autour. Une ou deux heures de trajet, les villages traversés lentement, les arrivées dans de petites stations jouets.

Se promener sous le soleil brûlant qui dévorait les bras. Se perdre un peu, manger, parler.

Dans le train du retour, une femme jouait avec son bébé. Quel que soit leur âge, elles étaient toujours des mères extraordinaires.

Encore gamines de traits elles-mêmes, agitant les mains en marionnettes, grimaçant, se cachant derrière leurs doigts pour réapparaître les joues gonflées ou ouvrant grands les yeux en miroir déformant contre le petit museau qui fronçait les sourcils, picorant ses joues de baisers pouffés, le faisant sautiller inlassablement sur leurs genoux. Les yeux toujours émerveillés, comme connectées au brouillard de sensations qui balayaient la petite cervelle neuve assaillie de phénomènes. Anonyme et simple maillon d'une chaîne.

Encore dans le sacré.

Maintenant le soir descendait, gris-bleu, découpant les maisons sur la forêt. Les enfants se balançaient dans le hamac. Les poules escaladaient l'immense bouquet de bambous dans des claquements d'ailes affolés. M avait jeté sa glace dans une flaque de boue pour courir plus vite derrière le chien Yoyo. La musique : Morrissey – *Years Of Refusal.*

And I don't need you
Or your morality to save me

La mère avait mis de l'eau à chauffer. Des poules tombaient dans le halo blafard des néons sous les pilotis. Loin au-dessus des arbres les nuages semblaient s'affairer à revêtir la lune d'une mantille éthérée de jeune mariée qu'on apprête.

On aurait dit que nulle part d'autre n'existait.

Les flammes du brasero léchaient les flancs de la cocotte gainée de suie. Le hurlement d'un loup avait retenti sur la musique – *Nightcall* –, faisant sursauter les enfants qui avaient éclaté de rire en se tenant les côtes. Des brumes grises tissaient leurs volutes autour des arbres qui se fondaient en cascades de feuilles noires.

Les enfants s'étaient succédé pour que j'écrive en majuscules ornées le nom de chacun d'eux, au feutre sur leur bras : Bird, Amy, M. La mère était partie acheter de la glace pour la bière.

Des fumées pâles rampaient sur le sol, à présent la musique semblait sortir de la forêt. La petite chienne qui avait toujours l'air mouillée était venue s'asseoir près d'Ann, la tête penchée sur le côté. Le métronome et les chœurs en boucle d'*Always The Sun* s'élevaient dans la nuit. Tout disparaissait. Le monde semblait se replier pour laisser place à des esprits qui s'enroulaient autour des troncs. Les ténèbres étaient partout maintenant, percées de petits îlots de néons. Les enfants étaient rentrés devant la télé. Restait nous, le feu, et la musique. Un verre. Il n'était pas encore huit heures. On aurait dit qu'il était minuit.

Ann chantonnait doucement dans mes bras en se grattant à cause de son traitement.

Who has the fun?
Is it always the man with the gun ?

Il y a un mois, elle était enceinte, avait perdu le bébé, crachait du sang. Était tombée malade.

Il aurait fallu des cris, des larmes.

Mais il n'y avait rien de tout ça, il n'y avait que des sourires, que ses yeux noirs, qu'une petite voix rêveuse qui fredonnait dans la nuit, les rires des enfants à l'intérieur, la lune pleine au-dessus des maisons.

Il semblait qu'il n'y avait rien à raconter. Des jours un peu différents des autres.

Un peu plus salés.

Elle avait vingt-trois ans, eu trois enfants, dont une fille qu'elle avait dû donner, un bébé qui était mort.

Elle pesait habituellement 42 kg pour 1,52 m, dormait chaque nuit avec une peluche Kitty dans les bras, ou dans les bras d'inconnus. Elle avait croisé des fantômes, été violée par son beau-père à onze ans, elle avait dû quitter ses études pour partir se vendre.

Elle souriait toujours comme une poupée.

Les jours passaient trop vite.

J'avais dû prolonger mon visa. On y avait été en voiture. Des voisines s'étaient embarquées avec leurs enfants, pour profiter du vaste marché de Kap Choeng, à la frontière khmère.

Les enfants séchaient l'école. Les femmes s'étaient coiffées. Ann avait collé du sparadrap pour cacher son nombril, comme avant chaque voyage, et éviter le mal des transports, comme sa mère le lui avait appris.

Le marché était moins grand qu'à Sakeo, plus agréable aussi. On y avait trouvé une robe, toute de tulle blanc cassé comme constellé de cendres ou de larmes de pluie grise, ceinturée d'un ruban de soie, aux manches qui laissaient ses bras minces découverts.

Une robe un peu triste et mélancolique, pour le temple où on devait aller bientôt faire des offrandes pour l'anniversaire de la mort du bébé.

Au retour le ciel avait viré au sombre, quelques gouttes s'étaient écrasées à l'arrière du pick-up sur les familles entassées, les sacs qui débordaient.

Le soir, tout le village s'était retrouvé sous l'auvent devant la maison. Les femmes serrées sur les bancs de bambou se racontaient leurs achats, les hommes sur des chaises en plastique buvaient.

La petite M volait de la bière dans les verres des grands sans que personne n'intervienne, chiquait, roulait de petites feuilles de papier pour faire semblant de fumer, et crachait par terre en se déhanchant sur la musique. Plus tôt, quand elle avait essayé d'attraper le petit sexe d'Amy alors qu'ils sortaient de la douche ensemble. J'avais dit à Ann qu'elle était prête pour Pattaya. Elle l'avait répété. Ça avait fait rire tout le monde, à part moi.

Elle avait deux ans.

Au milieu du brouhaha, le frère gay parlait avec Ann. Dans l'après-midi, il avait reçu de l'argent : « *My boyfriend.* » Il m'avait montré la photo dudit fiancé sur l'écran de son téléphone – l'habituelle. La terre entière de plus de soixante ans, qui n'avait pas renoncé, s'était donné rendez-vous là, dans leurs portables. Anglais, fausse blonde aux joues marbrées groseille. Ça aurait pu aussi bien être moi – ça viendrait –, sans le côté pédé finissant, la couperose. Sourire plein d'espoir sur la photo. Il envoyait beaucoup d'argent. « *My boyfriend...* », il avait répété.

On en était là, certes, mais au moins on était quelque part. Dans leurs portables.

Maintenant, presque tout le monde était parti.

C'était quoi cette balançoire qui m'avait amené là, près d'elle, à boire des bières dans la nuit ?

Je les regardais parler de leur métier, le frère et la sœur, dans une langue que je ne comprenais pas. Du même âge, du même monde. Je voyais les sourires, les gestes, les paroles paisibles. Le garçon et la fille de bar, échangeant avec une grande sérénité. La lumière sur eux était très belle, les fondant sur la surface des murs de la maison pas finie, la terre par terre et les bières de ceux qui étaient rentrés dormir ou manger.

Elle soï 6, lui soï 17.

Ça parlait maquillage, coiffure, poudre de riz. De prix, de nuits, de pratiques.

Ann, d'un geste, balayait tout ce qui se trouvait autour

d'elle, qu'elle avait payé, sa mère et sa famille à l'abri derrière la cloison. Le frère, une main ouverte devant la bouche, s'esclaffait, racontant les demandes spéciales, les clients maladroits : « *Oh, my God!...* »

J'admirais.

Cette énergie pour soulever ces ventres, toucher ces fesses, caresser ces poils. Respirer ces mauvaises haleines.

Embrasser ces visages abîmés, les regarder se tordre. Ouvrir la bouche.

Ces sexes de toutes formes, de tous états.

Cette intelligence pour s'adapter. Aimer et supporter ces Hulks rouges d'après l'Apocalypse, ces corps obèses ou trop maigres, ou musclés et tatoués. Ces dinosaures blessés, échoués, balayés. Par quoi ? La vie ? L'époque ? Leur maladresse ? On ne savait pas, mais balayés.

Rejetés.

Ils s'étaient accrochés – « Je t'aimerai quand tu seras grand » –, d'un coup ils étaient vieux et rien ne s'était vraiment passé.

Dés pipés, bluff. Une catastrophe mathématique. Des poignées de fils blancs dans les cheveux et plus envie d'avancer ou pas envie d'aller où ça allait.

Photos froissées.

Avoir deux vies, trois, dix, quand on n'en voulait qu'une, droite. Un destin.

Des morceaux de vie qu'on devait toujours ramasser.

Des vies cassées. Des vies toujours bancales et fatigantes. Des vies mal cadrées, floues.

La démolition qui contient le doute. Le doute qui contient la solitude.

Profitant ou essayant – puisqu'en définitive il semblait n'y avoir que ça : chaos, incohérence, trafic, opacité du monde et fatigue du temps vécu.

Mieux valait faire avec.

Aimer aussi le temps perdu, les trucs qui piquent, les catastrophes qui jettent toutes les cartes en l'air. Avancer, du vent – aérer cette « odeur de dortoir de l'âme ».

Ça m'allait bien qu'elle ait eu beaucoup d'hommes et qu'elle soit ce qu'elle était.

L'équanimité de son regard.

Sa légèreté / Son expérience.

Comme si elle était faite d'un alliage inédit, à la fois souple et d'une solidité à toute épreuve.

Le dernier soir, il pleuvait à verse quand j'avais ramené les enfants de l'école, remontant la route comme un miroir scintillant liseré d'un pointillé de chemisiers blancs en cortège sur un fond bleu acier. Des parapluies recueillaient de petites grappes serrées, les piques acides de la pluie perçaient les mains, le visage.

Départ de nuit.

Je quittais sa maison, sa maison de pluie, sa maison pas finie. Les parpaings, les tôles. Le matelas à même le sol, le ventilateur, les jarres, le frigo bleu bancal, les claies ajourées de bambous en haut des murs de la cuisine et de la salle de bains, les prises multiples qui pendaient sur les cloisons de fibrociment, pour l'électricité partagée avec la maison de la sœur.

Petite hirondelle. Sa maison d'hirondelle.

Airport – Suvarnabhumi.

Dernière cigarette, 7 h 15 – dans les temps, le boarding à 8 h. Arrivée dans dix heures.

Une dernière brise d'air moite avant la clim.

Beaucoup de fantômes en burka, avec la fente si mince qui ne laissait voir que les paupières noires de khôl, au comptoir de Qatar Airways.

C'était moins triste d'être seul à l'aéroport. Plus facile de s'être quittés à la station de bus.

Peut-être parce que je la savais avec sa famille, dans sa maison. Comme si je l'avais laissée dans un roman classique du XIXe, où elle m'attendait entre sa mère et sa sœur. Une gravure. Un chromo naïf : Cosette ou Tess, Keats, Shelley. Jeune fille en robe longue dans le vert et le vent. Jeune fille sage en cure, endormie dans les après-midi trop chauds, sous une moustiquaire rose.

Un tableau.

Tapis roulant du terminal.

J'avais déjà la nostalgie de ce nouveau paysage, inconnu il y avait peu.

Avec le temps, je pensais de plus en plus souvent au bébé – ce bébé que je ne verrais jamais. Dans ma tête, je ne disais plus *le* bébé, mais *notre* bébé… « *Grand comme une bouteille d'eau… Il avait ton nez…* »

Quatre contrôles avant la porte de l'avion.

Départ. Ce temps que je n'aimais pas, ce temps où :
1) je pesais 430 tonnes, minimum;
2) je m'envolais en hurlant;
3) je m'évanouissais dans les nuages.

On remontait des fleuves qui n'allaient jamais droit, on survolait des villes au bord de l'eau, des villages dans le désert, comme des pieuvres pixellisées écrasées aux carrefours de routes tordues.

Je photographiais nos ailes, comme souvent, en souvenir d'*Alice dans les villes* : « Elle est belle cette image. Tellement vide. »

Dans l'avion. Carnet – « *Je connais l'ombre inquiète et les mains qui se voient. Je connais l'oubli fixe, l'amour, le soleil blanc.* »

SURIN HOSPITAL

mon Dieu, vous m'en avez donné une et il faut que vous me la repreniez

mon Dieu
aucune méchanceté ne peut rivaliser avec la vôtre
mon Dieu j'aurais voulu enregistrer chaque conversation au téléphone
noter chacun de ses gestes
chacun de ses mots sa voix à pleurer pourquoi elle ?
laissez-la prenez-moi épargnez
attendez
que je la sauve

le premier qui me parle de prostitution je l'exécute
je le dévore
le premier qui parle le premier qui parle d'elle
tant que je ne dis rien ça n'est pas vrai tant que je ferme ma bouche les poings que seuls mes yeux coulent dans la chambre si loin putain de dieu putain de kilomètres

NE LA JETEZ PAS S'IL VOUS PLAÎT
PRENEZ-MOI
ELLE A VINGT-TROIS ANS

tant que je me tais ne me posez pas de questions tant que j'agis sans rien dire elle
était tellement gentille avec tout le monde
elle sous des tubes allongée perforée sur un lit de souffrances
moi loin
je ne peux pas sortir de la chambre tant que je ne sors pas rien n'est vrai rien n'arrivera tant que
mon Dieu n'entrez pas

elle ne mérite pas ça
mon Dieu vous ne savez pas qui elle est sinon vous ne pourriez pas faire ça
elle dans la vraie vie qui mérite
la vraie vie là-bas où la fille la plus douce du monde peut mourir sans jamais se plaindre
elle était tellement gentille avec tout le monde elle a vingt-trois ans je ne peux pas
respirer
je ne peux que répéter qu'elle était si gentille avec tout le monde sa photo
sur le mur
j'attends que le temps passe
un monde
que le temps passe

écrire analphabète avec ce stylo acheté avec elle sur ce carnet
qu'elle a vu souvent quand je ne l'avais pas elle avait toujours
un petit carnet rose avec elle
prenait toujours soin de tout
de moi

envie de vomir ça
me serait égal de ne plus la voir juste savoir qu'elle existe pour elle qu'elle vive
la meilleure chose qui me soit arrivée
la meilleure personne
secouer le sablier le retourner pour qu'il coule dans l'autre sens attendez que je la sauve qu'elle m'attende
qu'un dieu nous protège ou qu'il nous foute la paix

les années Ann comme un collier de fleurs rares : *les anéanes*
mon bébé ma douce
les mots font monter les larmes aux yeux fumer
la fenêtre
je ne lui aurai même pas fait ce cadeau d'arrêter comme elle me le demandait
elle s'inquiétait quand je toussais au téléphone détectait
le bruit du briquet
elle s'inquiétait pour moi
retenir mon souffle jusque là-bas mon Dieu
les yeux au ciel
je n'aurais jamais imaginé que ça nous choisisse si petits si cachés je n'aurais jamais pensé que ça nous trouve que ce doigt nous choisisse se pose sur elle

mon Dieu
tout parle d'elle
aucune méchanceté
ces choses achetées ensemble blouson ceinture chemise
ne peut rivaliser avec la vôtre
téléphone des détails stylo chemise qui pourrait soupçonner la douceur d'entendre le bruit que faisait la poignée de la porte quand elle la tournait essoufflée d'avoir couru pour monter les étages
éviter de regarder les miroirs de regarder les photos de regarder le temps avant de partir

il n'y a plus de futur je suis suspendu à
ce peu de temps que nous avons vécu ensemble
tout est gravé heureux

fait mal

j'ai peur de ce que je vais trouver
sa souffrance imméritée la fin les tubes je ne sais quoi
c'est
un jour
comme les autres
la partie de la pièce où je suis s'est effondrée
on rentre on ouvre une porte on ouvre un message on lit on
lit des mots qu'on comprend tout de suite on sait
mais on se dit que tant qu'on évite de le penser
ça ne se produira pas
n'entrez pas on ne veut pas laisser entrer ça n'entrez pas
et et et
d'un coup on pleure toutes les larmes de
son corps
on coule sur le sol
la chambre explose

le front cloué sur une table
un écran et
quelques mots noirs apparus qui ont changé le monde qui
disent qui disent qu'on ne peut plus faire demi-tour
quelques lettres

ANN
HÔPITAL
COMA

21/10/2013 – *« C'était sa voix que j'avais toujours dans la tête. Cette voix de mère et de poupée.*

“Good boy…”, “Love you too… Love you three, love you four...”

Morchit – station des bus. Une migraine permanente s'installait.

Si Saket, Nong Khay, Ubon Ratchathani sur les flancs des bus. Aux guichets personne ne comprenait ce que je demandais – le temps nécessaire pour arriver là-bas – mais tout le monde souriait.

Je m'empêchais d'écrire que j'espérais arriver à temps.

On était partis, le bus à moitié plein. Total Recall *sur l'écran.*

Total Recall *: souvenir complet.*

C'était partout.

La ville avait disparu derrière nous, remplacée par des champs sombres semés d'îlots d'usines, de villes moyennes, d'aplats d'eau, de bâtiments industriels. Des rideaux d'arbres infinis s'étiraient silencieusement derrière les vitres, on remontait lentement des trains vides éclairés.

Il avait plu un peu.

On croisait des phares blancs qui faisaient étinceler rapidement des larmes sur le pare-brise.

J'avais dormi.

Buriram.

Plus on s'approchait, plus l'impatience décroissait. La peur. Une porte à pousser, là-bas devant.

Le bus semblait rouler plus doucement.

Le bruit régulier du moteur. Le défilé des ombres, des lumières. La route était lisse et droite sous la lune pleine que je voulais interpréter comme un bon signe.

Tout était signe depuis deux jours.

Comme un tribut à des choses qui me dépassaient. J'étais prêt à croire à tout pour ne courroucer personne.

On arrivait dans trente minutes.

Dans ma mémoire, tu dansais. »

01

J'étais arrivé après minuit. Mon téléphone ne passait pas. J'avais fini par me faire comprendre d'un taxi, trouvé l'hôpital. Un numéro avait enfin marché. On était venu me chercher.

Des tubes saccageaient sa bouche. Les yeux jaunis, ses cheveux répandus sur l'oreiller.

Elle respirait, branchée sur une petite machine bruyante. Un linge mouillé couvrait son front, ses yeux ouverts clignotaient sous les néons violents.

Dans la salle, il y avait huit lits et que des grands-mères à part elle.

Les membres tordus, décharnés, les visages au bout de cous de parchemin brun, les bouches refermées sur des tuyaux.

Les corps se découvraient en dormant.

Des couches bâillaient en haut de jambes maigres sous des draps chiffonnés qui pendaient hors du lit. Les dos flétris. Les peaux ridées.

J'étais resté avec elle jusqu'à quatre heures, à caresser son front, serrer sa main, lui parler, dire que j'étais venu. Que j'étais là.

J'avais fini dans le hall, près des ascenseurs, sur un lit qui aurait pu être celui d'un malade, au milieu des familles endormies par terre.

Je pensais tomber dans le noir, mais la nuit s'était passée en petits rêves agités, brefs et violents. Un montage saccadé et incompréhensible.

Dans le dernier d'entre eux, je battais ma mère, qui démolissait en souriant l'appartement où je vivais, au milieu de dizaines de gens que je n'avais pas envie de voir.

J'avais réussi à la coincer sur le dos, la plaquer au sol. La maintenant, à cheval sur elle, écrasant ses bras avec mes genoux.

Je m'étais réveillé en sursaut, renversant la desserte en métal à la tête du lit dans un fracas épouvantable.

Il était six heures.

Dans la chambre, on emportait une vieille dame de la veille, recouverte d'un drap rose. Son sac était posé sur ses pieds. Sa fille parlait en souriant avec l'infirmier qui manœuvrait pour déplacer le lit.

02

Elle était dans le bâtiment 1, à côté du département de psychiatrie.

Trois autres bâtiments entouraient le miroir d'une grande pièce d'eau carrée, bordée de pelouses. Dans la journée, le bassin était agrémenté de jets d'eau. Des familles déjeunaient tout autour. Une musique flottait. Une mélopée d'Issan.

Dehors c'était les vacances.

On aurait pu y être. On aurait dû. Ça aurait dû être sa vie. Les jets d'eau, une natte sur l'herbe avec sa famille et les enfants qui rient et qui jouent, et le ciel au-dessus, bleu. Pour toujours.

Dedans semblait un autre monde. Des vies en équilibre sur un fil. Le vide sans fin, dessous.

J'avais pris un café. J'étais remonté.

La famille était arrivée.

On me parlait du village. Le frère me demandait combien d'heures entre ici et Paris. On se rappelait cet été. Ça riait innocemment.

On aurait pu jouer aux cartes.

Je prenais conscience que la pièce commune où elle était ressemblait à un mouroir.

Elle était la seule de son âge.

Les docteurs étaient passés pour la visite. Une infirmière l'avait secouée. Une autre avait braqué sa lampe dans ses yeux, puis écrit quelque chose. Une doctoresse regardait un graphique au pied du lit, qui montait et descendait, chaotique, vert et rouge.

Se tournant vers la mère, elle lui avait demandé si elle désirait ramener Ann à la maison. La mère m'avait demandé. Je n'avais pas compris, et puis j'avais compris. Tout semblait ordinaire, comme la veille.

Il s'agissait de tout arrêter.

Une question comme une autre, et tout le monde souriait. La doctoresse disait, ses poumons, son estomac, sa cervelle : « *Kaputt!* » – on me traduisait.

Je ne voulais pas le croire.

Je m'étais penché sur elle. Elle dormait toujours. J'avais essuyé sa bouche d'où coulaient des sécrétions blanchâtres.

Je lui avais dit qu'on rentrait à la maison.

Qu'elle n'avait plus à se battre. Elle s'était déjà beaucoup battue. Depuis toujours. Depuis le premier jour.

Et depuis, chaque jour.

Chaque fois qu'il avait bu, papa voulait me tuer.

C'est pour ça qu'elle courait si vite. Garçon manqué cavalant avec les garçons. La plus fluette de la bande, la plus légère, qui montait si haut dans les arbres. Je connaissais sa vie. Je l'avais interrogée souvent pour qu'elle me raconte ; posé beaucoup de questions. J'avais les images.

J'avais attendu dans l'escalier pendant que les infirmières la préparaient.

La grand-mère et le frère étaient partis chercher une voiture.

Et puis, un autre docteur était tombé du ciel. Avec des lunettes, un air doux et calme.

Il avait d'abord parlé à la mère, et puis en anglais avec moi. Demandant ce qu'on voulait faire. Partir ? Continuer ? J'avais dit : « s'il y a une chance... », et il avait répondu qu'il y en avait une : le neurologue avait diagnostiqué que l'infection gagnait le cerveau, mais qu'on pouvait essayer d'enrayer ça.

Essayer...

Une chance, ça suffisait. Il avait échangé longtemps avec la mère, la doctoresse, comme pour les convaincre. Le reste de la famille nous avait rejoints. Quelques jours. Un espoir. Elle était si jeune.

Je ne voulais pas croire qu'on puisse abdiquer.

Derrière son front c'était la guerre.

Tout le monde parlait. Le frère voulait continuer. La mère ne savait plus. La grand-mère hochait la tête.

Le docteur expliquait : la situation, un autre traitement, les probabilités.

Et puis, trois lettres étaient tombées.

HIV.

Trois lettres qui s'étaient gravées sur son front.

J'avais fait comme si je savais, comme si ça n'était pas une catastrophe définitive. J'avais demandé depuis quand. Depuis juillet. Ça ne voulait rien dire. Depuis le bébé mort.

Le peu qui restait du ciel m'était tombé sur la tête.

Je comprenais : le carnet de santé, sa sœur, ses amies. Leur gravité. Ses yeux à elle, si sérieux parfois cet été. Pourquoi depuis que j'étais rentré, elle voulait qu'on se parle au téléphone au lieu des mails habituels. « *I want to hear your voice…* »

Elle savait.

Je croyais être au fond, mais on pouvait tomber sans fin.

Comment elle, si maligne, si attentive, avait-elle pu se faire attraper ?

À qui avait-elle pu faire suffisamment confiance et se tromper à ce point ?

Je ne pouvais pas croire que ce soit vrai. Je ne le croyais pas. Elle si exacte, si précise, si minutieuse.

En revenant près d'elle, je lui avais souri pour ne pas l'inquiéter.

On n'en veut pas à un pilote de Formule 1 qui fait des tonneaux. S'envole dans le décor.

Ces filles qui portent le poids de deux mondes sur leurs épaules. Le poids du leur. Le poids du nôtre.

Je ne chercherais pas. Je n'essaierais pas. Ce qu'elle avait gardé pour elle n'était qu'à elle.

On se trompe en voulant tout savoir, tout saisir. On n'a droit qu'à ce qu'on nous donne. Ce qu'on choisit de nous donner. Et elle m'avait, en si peu de temps, donné plus que n'importe qui. Maintenant elle s'effaçait avec ses secrets. Elle avait toujours su mieux que moi.

Quelle différence y a-t-il entre la vérité et la réalité ?

Concrètement : aucune.

Ce que j'avais vécu était la vérité. Le reste, ce qu'elle avait cru bon de garder pour elle était une autre histoire. Son histoire.

La vérité est ce qui arrive. Par définition.

Rien d'autre.

Une « petite pute thaïe », on dirait sans doute. Les gens méfiants finissent toujours par avoir raison, les : « Je te l'avais bien dit… »

La tache ? Le mensonge ?

Mais qu'est-ce qui n'est pas taché ? Moi aussi j'avais menti, en ne lui disant pas que j'avais revu Nuy.

Parce que je savais que ça ne lui retirait rien, rien de ce que je ressentais pour elle – et moi seul pouvais juger de ça. J'étais à même de comprendre que quoi qu'elle ait dissimulé, c'était pour ne rien abîmer. Comme moi.

Je préférais vivre en me trompant, en étant trompé. On finissait toujours par tomber. Tout finissait toujours par casser ; les danseuses trébuchaient, les pilotes se tuaient, les belles devenaient vieilles.

Mais avant, il y avait eu avant – la danse, la course, la beauté.

De toute façon, je ne saurais jamais.

Que savais-je moi-même de mes raisons d'avoir revu Nuy ?

Il n'y avait rien à savoir.

Je l'avais toujours compris et c'est sans doute ce qui me protégeait souvent.

Elle m'avait donné suffisamment de jours lumineux pour que ce qu'elle avait décidé de laisser dans l'ombre y reste.

Le frère m'avait aidé à trouver une chambre. Juste en face de l'hôpital. Une rue à traverser. Ensuite, un passage étroit menait à un petit ensemble de bungalows, au milieu d'arbres aux feuilles d'un vert profond. Une cour de gravillons

J'avais défait mon sac. Pris une douche.

Quand j'étais revenu, tout le monde était parti. Elle reposait sur le dos. Les yeux ouverts. Ses mains sur elle, comme deux oiseaux bruns brodés sur le drap.

Sa bouche avait cessé de couler. Elle avait dormi. Montrait quelques signes de réactivité, d'infimes tremblements des doigts, des lèvres. Je voulais croire que ses pupilles bougeaient davantage.

Il y avait une semaine encore, elle me parlait gaiement au téléphone.

Un très léger duvet sur ses jambes d'habitude parfaitement lisses semblait signer son renoncement.

Autour, de vieux cœurs battaient à 140. Certains passaient de 60 à 120 en moins d'une minute.

Les narines dilatées comme des bouches, les bouches entrouvertes comme des gouffres, avec quelques dents de travers crispées sur des tuyaux fixés avec du sparadrap. Les cous veinés de colonies de serpents.

On n'entendait que le raclement des soufflerie, des respirations de scaphandriers. Comme une colonie de Dark Vador tombés là, endormis.

Au bout de quelque temps, on n'entendait plus.

Des nattes étaient étendues sous les lits, dans les couloirs. Les familles dormaient là.

Toute la nuit, des parents immobiles se tassaient sur des tabourets au fur et à mesure des heures qui passaient, comme les flammes vacillantes de petites bougies qui veillaient, comme si le don de leur présence patiente et valide pouvait se transfuser à ces vies étendues devant eux, qui souffraient. Toute la nuit, de vieilles mères accompagnaient des mères plus vieilles encore. Des sœurs s'endormaient au chevet de leur sœur, le front collé contre les barreaux du lit.

Personne n'était seul.

Quelques infirmières curieuses, parlant un peu anglais, s'arrêtaient pour me questionner. Qui j'étais ? D'où je venais ? On me disait parfois : « votre femme » ; parfois, « votre fille ». Je ne rectifiais jamais.

La vraie question c'était : elle, quel âge avait-elle pour vivre ça ?

Toute la nuit, la pleine lumière restait allumée comme dans les allées d'une supérette de station-service.

Derrière la vitre d'une chambre stérile, dans la lumière bleutée d'une veilleuse, une gosse maigre et chauve d'une dizaine d'années dévisageait la longueur du couloir avec les yeux d'E.T.

Une femme enceinte aux cheveux rasés revenait des toilettes, poussant du bout des doigts une perche métallique d'où pendait le pis rouge en plastique d'une poche de sang.

Sous un lit, un adolescent d'une douzaine d'années qui gardait sa grand-mère tous les soirs dormait tout habillé sur une natte déroulée, les bras en croix.

Il était difficile de lâcher sa main pour prendre ce stylo, ce cahier. Pour quoi faire ?

Pour noter que sa respiration sifflait ? Que ses lèvres tremblaient ? Qu'une vieille dame avait été emportée ?

Pour tenir à distance, avoir l'illusion de maîtriser quelque chose ?

Pour garder ces moments qu'elle me donnait encore ?

Le scrupule de chercher des mots quand elle cherchait son souffle. Quand c'est sa vie qui lui glissait des mains. La honte de ne pouvoir rien faire.

De n'être que cette impuissance.

La honte d'être de ce côté où on a le choix, où rien n'est grave, la honte de voir cette guerre et d'être en civil. De ne pouvoir être que là, assis sur un tabouret, avec un cahier, touchant sa main qui ne répondait plus.

Écrire ce que je n'aurais jamais voulu écrire.

La mère m'avait relayé à deux heures.

J'étais rentré.

Pendant une demi-heure, des rêves très courts, très clairs, et puis un grand trou noir jusqu'à sept heures.

Café. Une cigarette sur le chemin. L'hôpital.

03

Le hall du cinquième, devant les ascenseurs, s'était rempli d'une nouvelle rangée de lits.

L'endroit servait de gare de triage, « *One, two, three…* », pour transférer les patients d'un lit bas à un lit à roulettes, ou l'inverse.

Tout le long du couloir, des torses chétifs aux épaules de chauves-souris passées aux rayons X s'affichaient par paire sur des écrans d'ordinateur posés sur de petites tables métalliques.

Dans les chambres, tout le monde aidait tout le monde. On leur avait montré comment verser la soupe liquide dans une grosse seringue qu'on raccordait à la sonde insérée à demeure dans le nez des malades. Comment renouveler les poches de sérum transparent, vider celles d'urine. Comment changer les couches pour adultes.

Dehors, c'était toujours les vacances.

Le parc était plein.

Les familles se prenaient en photo devant le grand bassin pour poster sur Facebook.

Dedans, les chariots et les lits allaient et venaient. Les infirmières en uniforme bleu pâle s'affairaient, comme les hôtesses célestes d'un drôle de voyage.

Les enfants circulaient librement, retenant l'ascenseur pour une grand-mère, glissant une tête à la porte d'une chambre, ou s'endormant sous un lit.

Depuis hier, elle respirait plus régulièrement. Ses pupilles réagissaient, allaient et venaient. Ses doigts se crispaient un peu. Elle soulevait régulièrement l'épaule gauche comme pour se soulager d'un poids.

J'aidais sa mère à changer sa couche. La soulever par ses hanches, légères. Elle était si maigre.

C'était l'Afrique.

La laver.

Passer une petite serviette humide sur son ventre, sur son sexe exhibé, si chétif, si pauvre, si dérisoire. Rendu à, je ne sais pas.

Son sexe recousu d'une couture régulière de points noirs, comme à la machine. La peau tendue sur les os. Plus de hanches, de chair.

La rhabiller.

Chacun d'un côté du lit, retrouvant des gestes de pauvres mères pour arranger un col, une manche, écarter une mèche égarée sur ses lèvres gercées, éponger les sécrétions visqueuses qui s'échappaient de sa bouche.

On était loin des go-go's. Loin aussi des donneurs de leçons.

La mère prenait soin de moi.

On partageait une barquette de riz dans l'escalier, ou des œufs au goût de papier, dehors, pendant qu'une autre mère veillait.

Ann n'était jamais seule.

À deux on arrivait à tenir vingt-quatre heures.

Tenir sa main, éponger son front, nettoyer sa bouche, essuyer ses larmes.

La veiller.

Quelquefois, je détestais ce pays.

Les infirmières, pour la plupart, étaient bruyantes et brusques. Avec l'assurance des filles de petite bourgeoisie ayant pu faire des études – cette suffisance et cette arrogance des bonnes élèves dociles qui ont bien réussi, ne sont jamais sorties des clous.

Quelquefois, je détestais ce pays.

C'était grâce à des filles comme Ann qu'elles avaient pu. C'était grâce à ces filles de pauvres que ce pays vivait.

On aurait dû les traiter comme des reines.

Les meilleurs soins, la plus grande attention, une gratitude et un respect immenses. On aurait dû les traiter comme des cosmonautes héroïques, des ministres, des soldats tombés au combat, une élite.

Cette nuit-là, dans la chambre, une infirmière avait tenté un massage cardiaque.

Derrière un rideau à demi tiré, elle montait et descendait, à genoux sur un corps couché, la tête penchée sur son buste. Ses cheveux ondulaient doucement en ombre chinoise.

On entendait des soupirs, des gémissements.

On voyait sa silhouette courbée sur un corps, les mains posées sur une poitrine, se lever et s'abaisser régulièrement dans les grincements du lit.

Comme dans une parodie de sexe.

La famille fondait en larmes dans le couloir, assise contre les murs.

Un homme téléphonait. Des sanglots. La mort tournait dans tout l'étage.

C'était comme un casino, et, comme au casino, presque tout le monde perdait.

Elle me faisait être de la nuit, ici aussi.

Des nuits lunaires comme de la craie, de longues nuits tristes dans la musique monotone des souffleries, les cigarettes à l'extérieur, les cafés à répétition.

Dehors, dans les allées, ça vendait des barrettes, des pinces fleuries pour les cheveux, des robes.

Des jouets lumineux clignotaient dans la nuit. Scintillants, colorés, puérils et beaux.

Leur naïveté, leur inutilité, leur indifférence. Leur ignorance de tout ce qui se jouait dans les bâtiments tout autour.

Leur cruauté.

Je regardais tout ça qui m'était désormais fermé, lointain, intouchable ; tout ça qui ne pourrait plus jamais la concerner, que nous ne regarderions plus jamais ensemble. Comme un bateau gai et lumineux qui coule dans une mer noire, glacée, loin du rivage.

En remontant, je retrouvais son visage sur l'oreiller, ses pommettes creusées, sa bouche martyrisée, ses yeux qui voyaient calmement, sans émotion apparente, comme on regarde un paysage défiler.

Je la disposais comme elle aimait dormir, une jambe repliée, une main sur son ventre.

Son visage comme une tache de nuit. Elle fermait les yeux sous le réseau de tuyaux colorés qui amenait des liquides, les évacuait. Rouges, transparents, jaune d'or. En spirale comme de grands huit.

Je ne prenais jamais de livre, pas de musique.

Le livre à lire c'était elle. La musique, le râle des respirateurs.

Je me demandais comment elle avait pu entrer si loin en moi, venue de nulle part, sans aucune histoire commune.

La plus belle histoire qui me soit arrivée.

Arrivée là.

Je la regardais.

2555 – l'année –, et le nom de l'hôpital, imprimés en vert pâle sur la blouse à lacets qu'elle portait, blanche sur les draps pareils. Élégante, même là. Les yeux fermés, le front lisse. Profil de poupée sage.

L'hôpital, la nuit, les heures avançaient.

Une, deux, trois du matin. Je n'étais pas fatigué. Quatre. Jamais. Les heures n'étaient pas un problème.

La mère se réveillait. Arrivait du fond du couloir pour me remplacer.

Rentrer seul dans la ville déjà morte.

La chambre vide et silencieuse.

Laisser la lumière allumée dans la salle de bains, puisqu'il n'y avait pas de fenêtre, pour ne pas dormir trop tard ; pour ne pas avoir l'impression d'être dans une tombe, aussi.

Il était presque cinq heures.

Un tabouret qu'on tire pour poser des vêtements. Le murmure du stylo qui ne parle que d'elle. Le cahier qu'on repose sur la table de nuit.

Je pouvais dormir.

J'avais des bras, des jambes qui marchaient, mes mains, mes doigts pouvaient bouger. Aucun tuyau ne torturait ma bouche. Je respirais sans machine, sans effort.

Je n'écarquillais pas des yeux vitreux en me demandant ce qui m'arrivait d'impossible.

Je n'étais pas percé d'aiguilles, de cathéters, de sondes reliés à des sacs de fluides.

Je n'avais pas vingt-trois ans. Cloué sur un lit, entouré de barrières de fer, comme un Christ vaincu, inutile, aux bras baissés.

04

Les jours passaient.

Les docteurs passaient rarement.

Dans le couloir, on m'avait montré un homme en polo et pantalon noirs sous une blouse blanche, qu'il aurait fallu aller questionner. « *Big doctor...* »

J'étais resté dans la chambre. S'il voulait me parler, il saurait me trouver. Ma place était près d'elle. Mon inutilité.

Je ne cessais de noter, honteusement.

Comme un médicament.

La vie resserrait ses mâchoires. Il fallait bien faire quelque chose. Arriver à être là, dans l'acceptation – sans questions ni attente.

À midi, dans le couloir, pendant que les infirmières s'activaient au milieu des corps allongés, une doctoresse m'avait dit : « *She's better, fifty-fifty* », elle agitait les mains vers Ann, « *She look you. She cry...* ». Je n'écoutais plus. Je ne voulais rien croire.

Ann grimaçait de douleur pendant le tubage, son visage

barré de sparadrap se tordait, sa bouche cherchait l'air. Une infirmière lui distillait de l'eau dans un long tuyau relié à son nez.

On attendait à une dizaine, piqués dans le couloir, regardant l'aquarium de souffrances.

Il y a longtemps, parlant d'elle, j'avais écrit : « *Et des cristaux de glace avaient poussé dans ma poitrine.* »

Comme si je savais.

Le bâtiment d'Ann était celui des cancéreux, des tuberculeux. Le département de soins intensifs. Il y avait un étage pour les hommes, un pour les femmes.

Ann était une des plus jeunes de son étage. Celle qui dormait le plus profondément aussi.

Dans l'après-midi, Amy était venu avec la sœur.

Avant qu'ils partent, j'étais descendu avec lui acheter un jouet à l'un des stands installés sous les arches. Un pour M et Bird, aussi.

La mère et une de ses amies étaient allées prendre une douche dans ma chambre.

Six heures du soir étaient toujours une mauvaise heure. Ce moment où la journée tourne au soir.

Chaque étage chargé de détresse.

Dans chaque lit, à chaque place, la peur et la douleur de ceux qui arrivaient, restaient ou partaient.

On avait emporté une vieille femme qui avait passé une grande partie de la nuit à essayer de se coincer la tête entre les barreaux du lit.

Une autre, redressée sur son matelas, essayait d'arracher sa blouse, à moitié dépoitraillée, haletant comme si elle allait vomir. Les yeux globuleux, le ventre gonflé.

Vers sept heures, les infirmières avaient changé Ann comme on écorche une poule.

Une horreur affairée.

Derrière la vitre, à deux mètres, je l'avais vue se couvrir de sueur instantanément.

Dans le bocal au-dessus de sa tête, les sécrétions jaune sombre se veinaient de filaments sanglants. Les infirmières la retournaient, la manipulaient, sans se soucier des aiguilles des perfusions dans ses bras, des tuyaux qui tiraient aux coins de sa bouche, du drain de la sonde urinaire enfoncée dans son sexe, qui se distendait, coincé dans la barrière du lit, baissée n'importe comment.

Sa bouche s'ouvrait sur un cri inaudible et d'autant plus atroce.

« La guerre, c'est faire entrer un morceau de fer dans un morceau de chair. »

C'était la guerre.

Quand j'avais pu entrer, je l'avais épongée. Essayé de calmer sa respiration sifflante. L'infirmière qui sortait m'avait jeté : « *X ray, tomorrow !* », avant d'être interrompue par son téléphone qui carillonnait gaiement.

Les autres s'éloignaient dans le chuintement caoutchouteux de leurs roulettes sur le carrelage. Dans les rires, les bavardages.

Le corps qu'on aime, comme une viande.

Personne ne l'avait autant niée, ne lui avait autant dénié toute identité. Personne ne l'avait jamais traitée ainsi. Je ne savais plus rien. La voir torturée. Ce corps qu'on nous dit si sacré. Dans cet endroit.

Son front brillait de fièvre. Son souffle raclait. Ses pupilles affolées allaient et venaient sur les gens qui passaient.

Elle était devenue un croquis raté, froissé, qu'on hésite à jeter à la poubelle. Elle était devenue inutile, après avoir été tant désirée. La princesse en nuisette, en pièces, au charnier.

Cassée.

La reine avait trébuché, qu'on la jette, il y en avait d'autres. Et qu'on ne lui accorde aucun respect.

Est-ce qu'elle voyait ça ? comprenait ça ?

Sans doute pas.

Elle n'avait jamais régné, n'avait jamais eu l'impression de régner. Elle travaillait. Était fière de son travail, de prendre soin de sa famille.

Fourmi. Fourmi royale.

Toute la nuit, elle avait respiré comme un poisson asphyxié rejeté sur le sable. Les yeux injectés de sang, le teint cireux.

Vers trois heures du matin, la femme aux yeux globuleux était morte. Son mari n'était pas là. Il était resté toute la journée à la veiller.

Ce n'était pas un hôpital, c'était le Styx.

05

Les résultats des radios étaient arrivés. Ils étaient mauvais. L'état du poumon gauche s'aggravait.

Ils allaient changer de traitement. L'infirmière qui branchait des tuyaux avait dû changer de cheville, l'autre était gonflée, constellée de points noirs comme des piqûres de moustiques.

J'avais essayé de poser des questions. Elle avait ri bêtement ou timidement – ou les deux – derrière son masque.

Cette nuit-là, la fièvre avait baissé. Le nouvel antibiotique semblait agir. Vers deux heures, quelqu'un avait même pensé à baisser la lumière aveuglante des néons qui d'habitude restaient allumés toute la nuit. C'était Noël.

Ann dormait calmement pour la première fois depuis des jours.

J'étais sorti fumer sur les marches métalliques de l'escalier de secours qui donnait sur l'extérieur. La lune dans son dernier quartier souriait, suspendue au-dessus des toits de la ville. Je voulais y voir un signe de bon augure.

Je le voulais désespérément.

La mère m'avait relayé vers trois heures.

Dehors, des lumières se reflétaient sur l'eau du grand bassin carré, quelques tentes rondes parsemaient la pelouse étroite qui le bordait.

J'étais rentré doucement dans le silence des rues quasi vides.

Marcher dans le bruit de mes pas.

Le jardin traversé sous l'ombre froissée des arbres, la chambre au rez-de-chaussée. Le lit immense.

Le lendemain, la doctoresse estimait les chances de guérison à vingt pour cent. Pendant les soins, une infirmière m'avait dit : dix pour cent. Puis, un docteur qui passait et semblait s'être arrêté par hasard m'avait dit : trente pour cent.

Est-ce que c'était atroce ? Oui.

Est-ce que c'était supportable ? Oui, bien sûr.

Comme on peut respirer dans une brume grise qui a tout envahi et s'épaissit chaque heure.

C'était à la fois moins dur qu'on ne pourrait l'imaginer et beaucoup plus poignant.

On continuait.

Le poumon atteint serait peut-être soigné par le nouvel antibiotique. L'œdème semblait se résorber peu à peu, même si on ne pouvait pas être certain que ce soit un mouvement définitif. Le HIV ne semblait pas leur principal souci. Juste ses conséquences. On pouvait vivre avec, ils disaient.

Elle dormait calmement. Il n'était pas dix heures. La journée semblait commencée depuis des années. Elle respirait régulièrement, après la tempête des nuits passées, le respirateur bruissait doucement – presque cinq secondes entre chaque expiration. Un sommeil de bébé. La bouche fermée sur les tuyaux qu'ils avaient changés de côté. Les yeux mi-clos, les mains fraîches. Elle dormait, la tête tournée, les cheveux répandus sur l'oreiller, presque comme je l'avais toujours vue dormir.

Je lui parlais. Elle avait haussé les sourcils, les yeux fermés, ensuite bougé la main, à peine quelques doigts.

Autour, la salle se vidait, se remplissait.

Une femme qui parlait un peu anglais m'avait expliqué qu'elle rentrait le lendemain avec sa mère. Elle avait refusé la trachéotomie. Sa mère s'éteindrait dans sa maison, dans un ou deux jours, entourée des siens. Elle avait quatre-vingt-six ans. Elle était là depuis deux mois.

L'un des grands chefs était passé avec sa smala. « *She's better !* » Il m'avait tapoté la poitrine de son index tendu : « *This-is-the-best-place… !* » Il était vexé parce qu'il avait dû apprendre que j'avais envisagé de la changer d'hôpital – surtout ne pas perdre la face devant son équipe, vis-à-vis de l'étranger… « *You think you're good man ?* », il faisait allusion au fait que je sois venu de si loin pour être là, en riant bruyamment à la cantonade pour indiquer que : a) il plaisantait, b) il ne plaisantait pas.

Autour, des gens mouraient.

Elle allait mieux, le reste était l'affaire de chacun, qui vivrait avec.

J'étais descendu chercher un café. La mère dormait sur un palier, dans l'escalier.

Ann reposait paisiblement.

L'après-midi, il n'y avait pas eu d'autres progrès. Elle avait ouvert quelquefois des yeux tristes. Elle réagissait toujours, même si moins que ce matin-là. J'avais passé le reste de la journée et la moitié de la nuit penché sur son lit à caresser son front de Belle au bois dormant, serrer ses mains, lui parler pour ne rien dire.

Quand on voyait son souffle soulever sa poitrine aussi régulièrement on ne pouvait imaginer qu'un jour elle puisse ne plus exister.

Chaque jour était un jour de plus, qui apprenait à refuser et à accepter en même temps. La mort autour, chaque nuit familière, m'avait sans doute habitué.

Ça n'était pas comme un cauchemar. C'était juste quelque chose d'impossible, qu'on ne pouvait arrêter.

Une erreur d'aiguillage.

Alors, nous nous regardions dans la nuit, incrédules, démunis.

Fauchés.

Au fond des yeux.

06

Deux petites sœurs au profil khmer et au nez retroussé avaient veillé leur mère une longue partie de la nuit. L'éventant, essuyant son front inlassablement, tout en se partageant les écouteurs d'un téléphone.

Tout le monde avait éventé tout le monde cette nuit-là.

On avait ouvert les fenêtres en courant d'air.

Ann se réveillait parfois. Le front en nage, la bouche pleine de lymphe blanchâtre qu'une infirmière aspirait régulièrement.

Un père qui gardait sa femme faisait les cent pas dans le couloir, un bébé torse nu, en bas de pyjama fleuri, endormi sur son épaule.

Chaque nuit était un bateau héroïque qui tanguait dans le noir.

Avec son équipage d'infirmières de plus en plus silencieuses à mesure des heures. Ses passagers involontaires attachés aux machines. Ses corps vaincus, qu'on rendait à la mer, enveloppés dans un drap. Ses veilleurs hébétés, comme des flammes vacillantes, qui traversaient les ténèbres jusqu'à l'aube.

Il y avait des heures calmes, il y avait des heures abattues. Il y avait des heures qui s'enchaînaient, assis sur un tabouret de plastique.

Un nombre infini d'heures.

Ça n'était pas long. Il n'y avait rien d'autre à faire. Que cette attente. Ces serviettes mouillées, ces mains pressées, ces bras caressés. Cette présence dérisoire qui s'affairait, se penchait, pour retenir, ralentir.

Tenter de changer le cours des choses.

Quand les nuits étaient apaisées, il y avait presque un plaisir à être là ; on savait que rien n'arriverait cette nuit. Les corps dormaient. L'obscurité semblait protéger. Le sommeil. Le silence.

Vers trois heures, les infirmières distribuaient le nouveau linge pour le lendemain.

Une nuit de plus.

Une nuit gagnée, à pouvoir la voir vivante.

Parfois des râles, des vomissements montaient longtemps d'une autre chambre, d'un autre lit. On savait qu'on n'aurait pas voulu être ce corps.

En rentrant, je ne mettais pas de musique. Tout m'aurait trop parlé.

Le lendemain, un infirmier l'avait transférée sur un chariot. Rayons X ou scanner – je ne savais pas –, pour voir où en était l'œdème. Cette nuit-là, on ne lui avait donné ni eau ni nourriture.

C'était dans un autre bâtiment, éloigné.

J'avais suivi.

Dans les couloirs, elle avait écarquillé les yeux sur le plafond qui filait, puis sur le ciel.

C'était bien de la revoir dehors, avec les arbres, dans l'air doux de ce début d'après-midi d'octobre. Il y avait des familles partout, des bruits gais. Des enfants accroupis lançaient du pain aux poissons du bassin.

Il y en avait pour un moment.

En attendant, j'avais marché dans la ville.

Elle était partout.

Elle était dans chaque enfant croisé donnant la main à sa mère.

Elle était aux tables du marché, devant les étals de barrettes, dans chaque robe accrochée à un fil.

Elle était dans les allées du Seven, un panier trop chargé sur le bras, avec sa démarche de gamine oscillante.

Elle était dans chaque fillette sautillante – comme si déjà réincarnée –, heureuse et libre.

Elle était dans chaque sortie d'école. À l'arrière de chaque scooter. Dans chaque pince fleurie de chaque coiffure. Dans chaque petite fille accrochée à une autre, se penchant tout au bord du trottoir pour regarder avant de traverser.

Les chansons qui s'échappaient dans la rue étaient gaies à crever n'importe quel cœur. Parlant d'amour, de larmes, d'espoir.

Je l'entendais les chanter.

J'avais trouvé un coiffeur. Les murs bleus de la boutique étaient couverts de posters de stars locales aux coiffures de hérissons ou de mangas. Sans personne pour traduire, j'avais opté pour une coupe Beckham. Au début, ça ressemblait à un massacre à la tondeuse triple zéro et puis ça s'était arrangé. Ensuite, le rasage dans le fauteuil qui basculait à l'ancienne, le front au rasoir, les oreilles. Les serviettes chaudes, puis glacées. Le talc un peu partout. Un peu de douceur.

J'étais revenu à l'hôpital.

Des groupes d'élèves infirmières en tenue des années 50 et aux coiffes amidonnées tenues par des pinces Chanel déjeunaient en pépiant sous les arcades.

Sur le parking, derrière le bâtiment d'Ann, deux hommes chargeaient un corps dans un drap blanc à l'arrière d'un break gris fatigué.

Dans la chambre, elle dormait. Le visage reposé. Le souffle régulier, rassurant.

À côté, la mère de la veille agonisait.

Le cœur à 160. Un pied, dépassant des barreaux du lit, tressautant. Ses deux filles qui l'avaient éventée toute la nuit reniflaient. Le père, la famille : « *Sèt leo.* » C'est fini.

Les visages se contractaient.

Les yeux mouillés.

Le père, maigre et sec, psalmodiait des prières d'une voix grave et basse, les yeux fixes comme deux pierres noires. Les petites s'effondraient, enlacées l'une à l'autre, penchées sur le lit. On entendait des « *Mama…* » murmurés. Les épaules secouées. Leur chiffon d'eau inutile à la main.

Au bout d'un moment, on leur avait demandé de sortir et

les infirmières avaient tiré un rideau décoré de dauphins azurés.

En même temps, je me disais : c'est tombé à côté. Je me disais : ma malade est si jeune.

J'aurais sacrifié n'importe qui d'allongé dans la chambre.

J'étais sorti avec la mère.

Dehors, tout le monde parlait, marchait, téléphonait. Des enfants couraient.

Un autre monde.

Avec Ann, j'avais dix millions d'images. J'en aurais voulu un milliard d'autres. J'avais passé moins de un an à ses côtés. Mille jours depuis que je la connaissais. Je voulais la voir devenir vieille, laide et moche, et toujours drôle. Et parfaite.

Gamine et sérieuse.

Sexy, sage.

Légère et maternelle.

Je ne voulais pas admettre ce que disaient ses yeux.

Elle n'avait plus envie de se battre.

Elle se battait depuis si longtemps. Je ne voulais pas comprendre ce que disaient ses yeux.

Je ne voulais pas y lire la tristesse infinie.

Il n'y avait pas eu de progrès dans la journée. Elle ne bougeait plus la tête, se contentant de regarder un point dans le vide, fixement.

Elle n'en pouvait plus d'être allongée, traitée comme une chose. Une chose piquée, perforée, branchée. Souffrante. Sans voix pour le dire. Clouée sur un lit, à juste bouger les yeux.

Maintenant, on lui avait volé même son corps. La seule chose dont elle ait jamais disposé. Sa cervelle, ses jambes, ses mains, sa voix, ses fesses, ses yeux.

Son trésor. Sa fierté. Sa liberté.

Elle qui se douchait trois fois par jour. Qui s'enduisait de crème hydratante – «*I have to take care of my body.*» Elle qui passait du baume sur ses lèvres, qui traquait le moindre poil à la pince à épiler. Qui talquait son front, ses joues.

On changeait sa couche.

On la laissait avec des traces de merde sur le dos. Les fesses rouges, noires, martyrisées d'escarres.

Elle qui renouait dix fois le moindre lacet. Replaçait dix fois le moindre cheveu. Qui lissait le moindre pli.

On la tournait en vrac, les poignets tordus, percée de cathéters. Du sang dans les tuyaux branchés sur ses chevilles.

On la perçait.

On la réveillait en sursaut, la secouant, lui frappant la poitrine du bout des doigts tendus, en l'appelant d'un nom qu'elle n'utilisait jamais, sauf avec la police : «Siriporn! Siriporn!»

Et on s'étonnait qu'elle se réveille hébétée, inapte, abrutie. Les yeux hagards.

Personne, aucun client, ne l'avait manipulée avec aussi peu de ménagement, aussi peu de respect.

Jamais.

Je ne savais plus quelle raison trouver pour qu'elle s'accroche.

Pour elle? Ça ne voulait rien dire. Pour les autres? C'était déjà trop. Pour moi?

Qui je protégeais?

La famille était passée rapidement pour nouer de nouvelles ficelles à ses poignets, autour de son cou, lui glisser un billet de cent bahts plié dans la main. Ces tantes, ces grands-mères dont je ne pouvais m'empêcher de penser qu'elles auraient dû être à sa place.

J'étais sorti.

Quand j'étais revenu, elle était seule.

La famille pique-niquait dehors, près du bassin. Ils étaient restés dix minutes au pied du lit.

Cette famille pour laquelle elle avait donné sa vie, offert son corps. Ces gens pour lesquels elle écartait les jambes depuis qu'elle avait seize ans.

Quand j'avais pris sa main, elle s'était tout de suite endormie.

Maintenant elle reposait, le souffle lisse, le cœur à quatre-vingt-dix. De quoi pouvaient être peuplés ses rêves ? De quoi pouvait-elle rêver ?

On en aurait pleuré.

07

Dans la nuit, je m'étais réveillé, trempé de sueur, le mot *lambeaux* sur les lèvres.

En arrivant la doctoresse voulait me voir.

Sur la radio, un halo pâle et vaporeux avait remplacé son poumon gauche, faisant disparaître ses côtes.

Je voyais grandir le nénuphar de Chloé.

Être puni par ce qu'on aime…

Je croyais que ce ne serait qu'un livre.

Dans la salle, ils avaient enlevé tous les tabourets. J'avais passé la matinée, debout, à la regarder dormir. Faire semblant de dormir – trop dormir.

Je ne pouvais pas prendre son bras, il y avait des aiguilles.

Je ne pouvais pas caresser ses poignets, il y avait des aiguilles.

Je ne pouvais pas toucher ses joues, sa bouche.

Un papillon épinglé.

Un papillon à la cervelle, aux poumons, au ventre cloués sur un lit.

Un papillon épinglé sur un drap d'hôpital, avec deux yeux

mobiles et effrayés, qui seuls pouvaient bouger, au milieu des perfusions, des tuyaux, des machines. Ses yeux comme deux minuscules îles. Derniers refuges d'une terre qui s'inondait. D'un corps aux abois.

Deux minces fentes inutiles et vitreuses autour desquelles des infirmières s'agitaient à heures régulières, pour rajouter des tuyaux, bouger ce corps autour de ces yeux vides, la renverser, sans jamais lui parler normalement.

Je savais que les choses devenaient irréversibles.

En rentrant, dans l'après-midi, j'avais pleuré.

Maintenant, c'était comme si elle était déjà très loin, de l'autre côté.

Je ne pouvais que retenir sa main par-dessus la barrière du lit pendant que son corps s'enfonçait dans une terre molle ; une boue gluante, impossible, qui était en train de l'engloutir.

Les jours suivants, les docteurs ne s'arrêtaient plus. La petite queue leu leu traditionnelle et satisfaite d'elle-même passait sans un regard. La mère, debout près du lit, les mains sur la barrière de fer, regardait leurs dos blancs s'éloigner dans le couloir sans rien dire. C'était une paysanne et c'étaient des docteurs.

Trois jours qu'on ne les avait pas vus.

Ici, on ne s'appartenait plus.

C'est sans doute pour ça qu'insidieusement on admettait l'idée de lâcher prise.

D'en finir.

Revenir chez elle, pour qu'elle s'éteigne sous les bambous. Mais même ça n'était pas certain. Rien n'était certain. Sauf eux, les soignants. Certains, parce que pas *réellement* concernés. Des techniciens : ça rate/ça marche, c'est selon.

Pour eux, rien n'était définitif.

Ils feraient mieux la prochaine fois. Pour eux, il y aurait toujours une prochaine fois.

Maintenant dès qu'on la bousculait suffisamment pour qu'elle entrouvre des yeux vitreux tout le monde se réjouissait. Pourtant, il n'y avait plus personne là.

Elle était déjà loin.

Le rythme de son cœur s'abaissait quand je la touchais, ma main posée sur le haut de sa poitrine, au niveau du sternum, comme on fait aux bébés pour les calmer. 100, 95, ça descendait, 84.

À côté, une grand-mère agitée, nouvellement arrivée, avait divagué toute la journée, se tournant, se retournant, heurtant sa tête aux barreaux, à quatre pattes dans le lit, geignant sans fin dans un râle étouffé par le masque à oxygène qui déformait son visage.

Une vapeur blanche montait de sa bouche.

Faire un café. Regarder l'heure. Tourner. Sortir fumer. Revenir. La regarder. Rafraîchir son front, rajuster son col, quelque chose.

Sortir quand les infirmières le demandaient.

C'était les journées. Les nuits. Avec les minutes qui s'égrenaient comme un goutte-à-goutte transparent.

Ce n'est pas moi qui la gardais, c'était elle qui me gardait encore un peu près d'elle.

Qui respirait, s'agitant dans son sommeil lorsqu'elle toussait. Qui m'offrait les derniers moments de son visage.

Nous savions.

Les dernières nuits.

Elle endormie et moi qui la regardais disparaître en silence, comme elle faisait toujours, délicatement, sans bruit ni rien déranger ; sans que personne ne se doute de rien.

Sur la pointe des pieds.

Il fallait faire avec ce monde, avec cette réalité. Je ne l'acceptais pas. Elle l'aurait acceptée.

J'essayais d'imaginer ce qu'elle aurait pu me dire, penchée sur moi, sa main fraîche posée sur mon front : « *Don't worry baby… Mama takes care.* » Infantilisante et protectrice, toujours.

Elle que personne n'avait su protéger.

Une petite vie courte et dure, qu'elle prenait avec drôlerie, petite Mouchette simple, gaie, dansante. Jamais amère.

Je n'avais connu personne d'aussi positif. Toujours.

Au fond du couloir, avant l'escalier de secours, un balcon donnait sur des chambres VIP. Une petite vie s'y déroulait derrière les fenêtres éclairées.

Des mères s'appuyaient sur leur fille pour se lever, la télé, des gosses s'endormaient dans un coin, des silhouettes mangeaient dans la pénombre, du linge séchait.

Comme dans la vie ordinaire.

Rester. Partir. Il faudrait prendre la décision nous-mêmes. Sauter dans le vide.

Je n'osais même plus espérer la ramener chez elle, dans sa maison, pour qu'elle puisse y finir.

On avait dû faire des choses terribles, elle et moi, dans nos vies antérieures.

On s'entendait bien, même pour ça.

J'avais renoncé à tout.

Je resterais avec les mystères. HIV. Sida. Où ? Comment ? Pourquoi n'avait-elle rien dit ? Depuis quand savait-elle ?

Des réponses qu'elle emporterait. Que je ne chercherais pas à élucider.

J'avais remplacé la petite serviette humide sur son front. Elle respirait calmement.

S'il y avait eu mensonges, c'est d'abord elle qui en payait le prix fort.

S'il y avait eu inconscience, c'est elle qui l'assumait au-delà de tout.

Elle ne m'avait rien volé.

Je n'avais rien à fouiller.

Je préférais les nuits. Quand j'étais seul avec elle.

Dans un coin de la chambre, une adolescente faisait ses devoirs, assise par terre, son cahier sur les genoux. Une autre massait sa mère squelettique, accroupie sur le lit.

En sortant, sur les pelouses autour du bassin, j'avais parlé avec une femme qui dormait dans une tente depuis un mois en attendant de pouvoir ramener sa mère à la maison, comme elle le lui avait promis, pour qu'elle y meure. Ses frères s'y opposaient pour une question d'assurance.

On venait de lui faire une trachéotomie. Depuis, un de ses bras ne bougeait plus.

Dans le noir, devant sa tente, elle m'avait dit : « Je préférerais pleurer une bonne fois. »

On pouvait donc ne pleurer qu'une seule fois, de la séparation, et puis se réjouir pour l'autre, qu'on aimait, de sa liberté retrouvée, de cette nouvelle chance.

Renaître. Plusieurs vies.

Des brouillons.

Et le tas de feuilles était infini. Toutes les feuilles d'un arbre.

Des brouillons qu'on pouvait froisser, recommencer autrement. Ayant appris.

On ne jouait pas tout sur une donne. Il y avait ce cycle de justice et de progrès.

Ça apaisait l'âme, cette idée qu'ils partageaient tous : revivre. On avait envie que ce soit vrai.

D'un coup, le monde devenait acceptable.

Ça pouvait redonner le sourire, après la torture du lit d'hôpital, d'imaginer qu'elle irait se lover dans un ventre accueillant, quelque part sur la terre. De l'imaginer bébé neuf, puis gamine, identique à celles que je croisais partout ; insouciante, légère, de nouveau galopant, les pieds nus claquants – *flic-flac* – sur le dallage d'une maison heureuse.

Galopant dans la confiance du monde.

Libre. Vivante.

De nouvelles cartes.

Le lendemain, je n'avais pas mis de réveil.

Je n'avais plus envie de courir après les docteurs. Je désertais.

Il fallait faire comme elle : subir, essayer de bercer la souffrance en attendant une porte de sortie. N'importe laquelle. Tout valait mieux que d'être là.

Sur le chemin, je lui avais acheté un parfum au Seven : *12 Plus*, pour lui rappeler des souvenirs, estomper l'odeur de l'hôpital.

Dans l'ascenseur, une petite fille en nattes jouait au liftier : « *Chan naï ?* » Quel étage ?

J'avais ouvert la main. Cinquième.

Une infirmière l'avait coiffée en palmier, avec de fins élastiques rouges. Elle avait ouvert les yeux plusieurs fois. Des yeux presque conscients.

J'avais mis le flacon dans sa main, qu'elle avait serrée.

Des musiques d'ici m'avaient accompagné dans ma tête toute la matinée.

C'était l'heure des plateaux-repas, pour les visiteurs, et de la soupe jaunâtre par intubation nasale pour les malades.

Dans l'entrée, une file s'allongeait comme devant une cantine de campagne, dans les chocs mats de plastique dur, l'odeur du riz tiède et des épices, puis chacun repartait avec son plateau vert alvéolé reprendre place au pied d'un lit.

Je ne mangeais pas. Je notais.

Même si chercher des mots pendant qu'elle s'étouffait dans

un respirateur artificiel me semblait avoir quelque chose d'obscène.

Garder trace de chaque instant de cette petite vie rapide, difficile. Fragile.

Sa trace.

On était venu lui faire une nouvelle radio des poumons. Le radiologue l'avait rebranchée n'importe comment. Quand j'étais entré dans la chambre, elle s'asphyxiait ; l'infirmière avait ri : « *Oh, oh, solly, solly…* » Il y aurait une autre nuit.

Je ne savais plus quoi dire.

L'après-midi, ils avaient amené une autre fille, jeune, le cœur à 35. Ça faisait presque du bien.

Mon carnet était presque fini.

Ce carnet qui commençait par : « *C'est un détail de payer. Un détail compliqué, mais un détail.* »

Je ne savais pas le prix.

Je n'étais plus certain que le grain de beauté en forme de larme qu'elle avait sur l'aile droite du nez soit un signe porte-bonheur comme elle me l'avait toujours dit.

Il me semblait que les sécrétions de mucus s'étaient ralenties. Le bocal au-dessus de sa tête était presque vide et je n'avais appelé personne de la journée pour l'aspirer.

Dans la nuit, la femme au ventre gonflé avait disparu. J'étais sorti fumer une cigarette. Quand j'étais remonté, son lit était vide.

Une autre, à côté, n'avait pas arrêté de la soirée, agitant

follement ses bras, essayant d'arracher le masque des infirmières. Grognant, se tordant, comme si on la battait.

Au cours de la nuit, ils avaient fini par l'intuber et on ne l'avait plus entendue.

Ann avait ouvert des yeux inquiets plusieurs fois, bougé un doigt, quelques doigts. Elle transpirait beaucoup, respirait difficilement.

Le monde se réduisait à cette chambre, ce lit. L'univers à cet hôpital.

La vie se résumait.

De l'hôtel à l'hôpital et de l'hôpital à l'hôtel pour de courtes nuits. Répondre à des mails. Passer chaque matin à la réception pour prolonger la chambre.

Le hall, l'ascenseur, les couloirs encombrés, la chambre commune. Les corps décharnés. La lumière aveuglante des néons, nuit et jour.

Comme un film silencieux, vitrifié, blanc. Le carrelage gris moucheté, les corps des visiteurs par terre, les corps des malades dans les lits. Les cigarettes, assis sur des marches à l'écart, à l'ombre d'un bâtiment en construction, près d'un tas de sable où nichaient des moineaux qui cherchaient la fraîcheur.

L'hôpital s'agrandissait.

Et puis l'ascenseur, cinquième étage, pour guetter ses yeux, un mouvement de son petit doigt, dans le ballet des chariots roulants, des infirmières masquées aux yeux fendus, interchangeables et affairées, aux mains gantées de bonne volonté, avec leur pouvoir de dire la vie/la mort, de leurs lèvres souriantes.

On aurait voulu un aéroport, on aurait voulu le bras long. On aurait voulu un avion, un miracle, des relations. Avoir fait des études de médecine. Le meilleur endroit. La suite médicale d'un président. On aurait voulu n'importe quoi pour la sauver.

La nuit, les mains des vieilles s'agitaient, retenues aux barrières par des bracelets de cuir.

Manger sur mes genoux, dans une petite barquette blanche, assis sur les marches de l'escalier.

Il n'y avait rien eu d'autre. Il n'y aurait rien d'autre.

Monter la garde, espérer, désespérer, dormir, cauchemarder, revenir monter la garde dans le raclement des machines. Caresser son visage cendreux, essuyer son front.

La vie dehors semblait un décor qui n'existait pas. Une toile peinte.

La mère m'avait relayé à trois heures.

Sortir.

La nuit était fraîche.

Sous les arcades, autour du bassin, une fillette endormie se blottissait contre son père, sous une couverture trop fine, réchauffant ses poings fermés sous son menton, dans le creux de son cou.

J'avais envoyé un mail qui finissait par : « qui donne envie d'espérer, malgré tout ». Je parlais des mouvements de son petit doigt.

Ann.

Quand on a changé la couche de celle qu'on aime, est-ce qu'on l'aime moins ?

Quand on a changé ses couches, grand format, pleines de déjections verdâtres.

Qu'on a soulevé ses jambes amaigries, tenu son dos sans vie, vu la saillie des côtes, des omoplates. Aidé à laver ses fesses noires, froissées par l'immobilité et le manque de soins.

Quand on a vu son corps se tordre sous des tuyaux.

Mon bébé.

08

Chaque matin, le carillon du Seven me déchirait les oreilles. J'achetais du café, du sucre.

Près de la caisse, un gros garçon s'empiffrait de saucisses. Il y avait de moins en moins d'enfants par famille, mais ils étaient souvent gros pour plusieurs. Comme un signe extérieur de promotion sociale.

Avec la monnaie, on m'avait donné une poignée de ces petites vignettes pailletées qu'elle collait avec enthousiasme dans un carnet, pendant des mois. À la fin, on pouvait gagner une table pliante, une glacière ou un plaid Kitty. Je les avais gardées pour la mère.

Une fête avec de la musique se déroulait dans la cour de l'hôpital. Tout le monde était aux fenêtres.

Depuis quelques nuits, il n'y avait pas eu de morts.

Ça faisait des jours qu'on n'avait pas vu la doctoresse ni personne.

Dans la chambre, une femme en sarong lisait le journal, les pieds posés contre les barreaux du lit, s'interrompant pour calmer sa mère, baisser ses bras qui s'agitaient. La mère d'Ann et ses deux copines discutaient sur des tabourets. Le ciel était gris-bleu.

Il était dix heures.

Lou Reed venait de mourir. J'avais acheté un petit coupe-ongles blanc – ma couleur préférée, pour elle, même si tout lui allait. « *What do you prefer, baby? Oh yes, white, of course!* » – avec des fleurs, à la boutique de l'hôpital, pour ses ongles qui poussaient toujours trop vite.

Je ne savais pas si la famille viendrait, comme elle l'avait promis, pour la faire sortir. Ni si c'était encore possible.

Il s'agirait bien sûr d'une exécution.

La mère exécuterait sa fille, l'aimé exécuterait l'aimée, le fils assisterait à la mort de sa mère, le frère à la mort de sa sœur.

Elle avait vingt-trois ans.

Ne pourrait dire un mot. Ni au revoir. Ni je vous aime. Ni je t'aime. Ni mon nom.

Ses yeux qui s'éteindraient, pour elle. Pour nous, le reste à vivre, de cette journée qui arrivait, des jours suivants, des mois, des années.

La salle commune était plus animée que ne l'aurait été une chambre individuelle.

La vie passait.

Dans les râles, les sonneries des machines, le bavardage des infirmières, les allées et venues des visiteurs, qu'elle suivait des yeux quand elle était réveillée.

Les battements de son cœur me servaient de repère, pour le calme, la douleur, la peur.

Tout autour, sur les moniteurs, ça grimpait, ça descendait

de façon spectaculaire. J'avais vu le cœur d'une vieille mère dégringoler, après qu'un docteur lui eut administré une dernière injection. Un compte à rebours de 160 à 0 en quelques dizaines de secondes. Ensuite des billets avaient circulé.

À dix-huit heures, les haut-parleurs de l'hôpital diffusaient l'hymne du roi dans les couloirs.

Je l'éventais, en espérant qu'elle se rêverait dehors, dans le vent, sa forêt ou sur une plage. Mouiller ses cheveux.

Sortir quand les infirmières passaient.

Au-dessus du miroir, sur le mur des toilettes, un lézard gris pâle me fixait, ouvrant de grands yeux noirs.

Dans la glace, mon reflet trop éclairé me rendait le regard d'un vieil Occidental usé au chevet de sa poupée brisée.

Sarcophage. Princesse percée sur un lit de fer, que les baisers ne réveilleraient pas.

Traversée.

Dans l'esseulement absolu de la souffrance.

Alors, on voulait croire à tout prix qu'elle aurait plusieurs vies. La regarder encore. Masser ses tempes mates en espérant soulager son cerveau comprimé entre les parois de sa boîte crânienne.

Ce cerveau qui l'avait toujours tirée d'affaire. Qui la tuait à présent.

Ses dents s'entrechoquaient quelquefois.

Voir sa bouche mordre les tuyaux, ses lèvres trembler, comme pour parler.

Enlever un cheveu perdu sur l'oreiller.

Humidifier ses jambes avec une serviette, masser ses pieds gonflés.

C'était l'entretien d'une église désaffectée, abandonnée. Déserte.

Elle me regardait, les yeux à demi entrouverts. Elle ne voyait plus rien.

J'avais fait une photo d'elle sous les tubes.

Il n'y avait pas à faire de tri dans les souvenirs ni dans les moments qu'elle me donnait encore.

Toute la nuit, la bercer avec des chansons murmurées, des « Il était une fois… » naïfs, aux paroles à deux balles. Pour essayer d'alléger. Chantonner que mon premier c'est désir, mon deuxième du plaisir, mon troisième c'est souffrir.

N'importe laquelle, celle qui venait. De vieilles berceuses : *Une chanson douce*, *Donna* – aux paroles approximatives, comme ça m'allait.

Donna, Donna
Quand tu étais une enfant…

Pour l'endormir. Mon bébé. Je creusais mes souvenirs. *Petit Garçon.*

Tes yeux se voilent, écoute les étoiles
Tout est calme, reposé

Une mousse visqueuse coulait de sa bouche, poissant ses cheveux. L'infirmière branchait un tuyau pour aspirer les sécrétions dans un grand raclement de succion.

And there you stayed, temporarily lost at sea
The Madonna was yours for free

Les diamants et la rouille. Des chansons écoutées dans la chambre, souvent.

Lui chanter,

Lullaby, lullaby ne pleure pas,
Lullaby, lullaby ne pars pas.
Lullaby, lullaby je reste là toute la nuit.

Lui chanter très très bas qu'aux marches du palais nous dormirions ensemble et que nous serions heureux jusqu'à la fin du monde.

Lui chanter que ma plus belle histoire d'amour c'était elle. Lui demander : *Dis, quand reviendras-tu ?* Demander : *Dis, au moins le sais-tu ?*

Des larmes se formaient au coin de ses yeux fermés. Le ronflement des respirateurs reprenait le dessus.

09

Épiphanie, la dernière.

Il était tard. Penché sur elle, je lui parlais, son front contre mon front. Comme une mère qui s'abîme dans le regard de son nouveau-né.

J'avais senti quelque chose sur mon bras.

Une main.

Elle avait ouvert les yeux. Des yeux clairs.

Avait monté son avant-bras à angle droit pour venir prendre ma main, les yeux vissés sur moi.

Elle avait refermé sa main sur la mienne, l'avait gardée. Deux minutes, trois peut-être.

J'étais en train de lui dire qu'on allait rentrer. Que j'essayais. Qu'elle mourrait dans sa maison. Elle n'avait pas d'expression, rien d'autre que ses yeux conscients, sa main.

Et puis, elle les avait refermés. J'avais gardé sa main.

Je pleurais.

Sous les arcades et sur les pelouses tout autour du bassin, des tentes s'étaient de nouveau déposées, comme de petits cocons fragiles et mystérieux tombés là dans la nuit.

La petite d'hier lisait, accroupie contre son père endormi, dans le noir. Quand j'étais passé près d'elle, elle avait levé le menton de ses poings maigres, le visage pâle.

Les yeux profonds, épuisés.

Je savais que c'était fini.

Le froid soudain.

Je n'attendais plus rien.

Il y avait un grand apaisement à avoir renoncé à espérer. Avoir accepté qu'elle parte.

C'était étrange. Comme si son geste de cette nuit avait tout fait tomber en place.

Elle avait fait quelque chose d'immense. Elle demandait quelque chose d'immense.

Je l'aimais, je devais donc vouloir son bien, et elle avait exprimé sa volonté en sortant du coma pour me prendre la main, ouvrir les yeux. Me dire. Apportant cette paix étrange.

Cette nuit-là, j'avais fait des rêves rapides, nets, très précis. Comme des courts-métrages.

Où je perdais mes dents ou mes cheveux par poignées.

Il y avait du sang très rouge. Beaucoup.

Un grand bout de mâchoire pendait, spongieux, que j'écrasais entre mes doigts.

Ou bien j'étais très jeune, redevenu enfant, sur une plage, en compagnie d'une adolescente que je ne connaissais pas, entourée d'une colonie de chatons minuscules, de la grosseur d'un grain de raisin.

Si légers qu'ils pouvaient s'envoler en sautant de son épaule.

10

Au matin, les docteurs étaient venus me parler.

Ils devaient lui faire une trachéotomie pour qu'elle continue à respirer.

Le respirateur l'avait infectée. L'état des poumons empirait. Pour le cerveau, ils ne savaient pas, ses réactions étaient trop irrégulières. Ils voulaient savoir ce que je décidais.

J'avais répété tout ça à Ann et ses yeux s'étaient brouillés de larmes. Puis elle les avait fermés.

On m'avait dit de réfléchir.

J'avais posé toutes les questions, pour connaître toutes les solutions. J'avais demandé si elle était en état de rentrer, pour s'éteindre chez elle. La doctoresse avait dit oui.

J'avais dit que je ne voulais pas d'opération.

On ne jouait pas et pourtant rien n'avait l'air réel.

Une réalité compacte, qui ne laissait aucun choix, se rapprochait, progressait sans bruit.

Une violence, sûre d'elle, de ce qu'elle venait prendre.

Une réalité sans fuite possible.

Il s'agissait de tuer la femme que j'aimais.

11

C'était sans doute la dernière nuit ici.

Il était huit heures du soir. J'étais allé me reposer une demi-heure dans la chambre. Quand j'étais revenu, elle dormait. Dehors la température était un peu tombée. De minuscules grains transparents que j'avais pris pour de la transpiration parsemaient ses épaules et le haut de sa poitrine. De petits grains rugueux sur sa peau tendue.

Elle respirait régulièrement, une main sur le ventre. Les infirmières, nombreuses, se préparaient à intervenir sur la grand-mère intubée la veille. On entendait les bruits de plastique des emballages qu'elles déchiraient, les claquements de fer des barrières du lit, qu'elles descendaient. Leur caquetage gai surtout.

Ann avait les yeux cernés, les paupières comme maquillées de khôl brillant, sa bouche suçotait l'embout épais du tube enfoncé dans sa gorge.

Un téléphone avait sonné.

Une sonnerie identique à celle que j'avais avant, quand elle appelait pour me dire qu'elle arrivait, ou pour qu'on se retrouve quelque part.

On entendait le bruit de pet régulier d'un respirateur manuel. Des lumières bleues clignotaient dans la nuit derrière les fenêtres, ses pommettes brunes étaient cousues de sparadrap blanc.

En arrivant, j'avais croisé la mère près des ascenseurs, en cercle sur une natte, avec ses amies. Ça riait, plaisantait. Je crois qu'elle se plaisait ici.

L'os de ses tibias faisait une arête sous sa peau, avec, au bout, ses petits pieds noirauds. Elle devait peser à peine trente-trois kilos. L'âge du Christ.

Ses yeux fiévreux luisaient. Les orbites noires creusées, les cils longs.

Sa main de pietà maigre aux doigts sombres reposait sur le drap.

Tu devais avoir si peur mon pauvre amour.

Son cœur restait stable à 90, l'année de sa naissance. Je regardais. Je gravais tout.

J'étais descendu, pendant que la mère intubait la soupe puante.

Dehors, j'avais croisé cette femme qui attendait depuis un mois que sa mère sorte. Elle avait consulté un moine qui lui avait dit d'aller faire des offrandes dans chacun des neuf temples de la ville. Elle faisait des cadeaux aux infirmières tous les jours. Le département où se trouvait sa mère n'autorisant que quatre heures de visite par jour, chaque soir, elle allait se percher, debout sur la selle de l'un des scooters garés devant la fenêtre de sa chambre qui se trouvait au rez-de-chaussée, pour la regarder dormir.

Tout autour, dans la nuit, le campement s'installait, des lumières s'allumaient dans les tentes igloo posées sur les pelouses.

Quand j'étais remonté, ses bras maigres transpiraient. Un crible de fines gouttes brillantes ponctuait ses poignets barrés des ficelles blanches.

La nuit était tombée, maintenant.

Elle était calme, comme je l'avais souvent vue dormir, comme si elle était sur le point de se réveiller.

Elle n'était pas sur le point de se réveiller.

Il n'y avait plus rien à faire, plus rien à espérer. La mère, comme moi, avait refusé la trachéotomie.

Il n'y avait sans doute jamais rien eu à espérer. Je n'étais venu que pour faire ce que sa famille n'aurait sans doute pas pu faire : en finir.

La chute était foudroyante.

À peine un mois plus tôt, elle agitait la main, en robe blanche et gilet mandarine, en regardant mon bus partir.

Des silhouettes hésitantes passaient régulièrement dans le couloir, accrochées à un mât métallique d'où pendait une perfusion, ou transportant avec précaution un vase de nuit chromé.

Elle rêvait. Ses yeux bougeaient derrière ses paupières.

J'étais redescendu.

Une autre cigarette.

J'économisais chaque mouvement, comme sous l'eau. Sans essayer de comprendre pourquoi.

J'étais là depuis plus de deux heures, elle n'avait pas bougé. Je regardais ses pieds gonflés que j'avais souvent vus danser. Se glisser dans des talons aux brides dorées.

Dont j'avais vu les orteils se replier dans le plaisir.

Je regardais ce corps qui s'était si souvent donné gaiement, maintenant immobile. Ces mains qui m'avaient aimé, bercé.

Je la regardais, intacte, d'un lisse parfait.

J'avais déjà perdu des histoires, là je perdais l'amour, puisqu'elle ne me l'avait jamais retiré.

Ce n'était pas une plaie, mais un vide.

Il n'aurait pas de fin.

Elle avait haussé un sourcil dans son sommeil. Ses cheveux étaient tirés en arrière, dégageant son visage. La couleur dorée parfaite, la laxité des poignets.

Elle ne vieillirait jamais.

La fille de l'ouvrière et du taxi-moto alcoolique et violent. *Jusqu'à ce que j'aille chez ma tante, chaque fois qu'il avait bu, papa voulait me tuer.*

C'était la dernière nuit ici.

Le flacon de sécrétions blanchâtres, hier presque vide, qui m'avait fait espérer, était aux trois quarts plein.

Les petits grumeaux sur sa poitrine s'étaient transformés dans la nuit en taches râpeuses, comme une moisissure blanche. Même sa peau.

Une infirmière qui passait en poussant son chariot m'avait dit : « *Low immune…* »

Tout autour, ça toussait. Une léproserie de poumons en lambeaux, qu'on aspirait pour les transvaser dans des flacons de glaires.

La mère m'avait relayé tôt cette nuit-là.

Trop tôt.

Sur le chemin du retour, des infirmières en scooter m'avaient dépassé en klaxonnant gaiement, agitant leurs mains dans la nuit.

Je savais qu'elle reviendrait en fille. Belle, légère, identique. Ça ne pouvait pas être autrement.

À cinq heures, le téléphone avait sonné. J'avais couru.

12

Le départ s'était déroulé au ralenti, comme dans un brouillard.

Les formalités. Rassembler ses affaires. Signer les papiers qu'on me tendait.

J'avais posé des questions : comment la désintuber ? Les sécrétions qui s'accumuleraient ? Comment la nourrir, l'hydrater ? La fièvre ? Il y avait eu des épaules remontées, des bras qui s'écartaient, les mains paumes ouvertes tournées vers le ciel, des regards indécis, des moues.

On l'avait chargée à l'arrière d'un break aménagé, qui faisait office d'ambulance.

On ne savait pas où on allait, mais il fallait aller au bout de ce voyage, comme elle, allongée à l'arrière, avec un ballon pour respirer.

La mère était devant. La voiture était propre, la fille qui s'occupait de la faire respirer avait l'air efficace. Cinquante kilomètres. Ensuite personne ne savait. Il était presque dix heures maintenant.

C'était ma vraie vie. Je ne savais pas comment.

Pour elle aussi. Cet enchaînement. Ses yeux s'ouvraient sur

le paysage, le ciel, les nuages. Le break doublait en klaxonnant, les poteaux défilaient sur le vert des rizières. On traversait des villages.

Dans les cahots, une bouteille d'oxygène frappait en rythme contre la vitre qui me séparait d'elle.

On avait tourné devant la station-service, à l'entrée de la ville.

Je m'étais souvenu de la carcasse ensanglantée du chien agonisant sur le bas-côté, qui avait été ma première vision en arrivant ici.

Maintenant, c'était cette route que je connaissais bien.

Qui faisait pleurer.

Chaque mètre. Chaque arbre. Chaque maison. Chaque pointillé jaune qui filait sous les roues.

On avait tourné à droite, à l'angle du temple, pour s'engager dans les allées du village. Sous les arbres, des tapis de riz s'étalaient sur de longs filets de mailles bleues. C'était la saison des récoltes. Des enfants en uniforme noir et blanc revenaient de l'école.

On te ramenait chez toi pour que tu y meures.

13

On l'avait allongée sur le grand lit de bambou, devant la maison. Il y avait eu un attroupement.

L'ambulance était repartie rapidement. La fille qui s'était occupée d'elle pendant le trajet m'avait proposé de retirer l'intubation, mais je préférais le faire, comme sa mère me l'avait demandé.

Ce serait peut-être la dernière chose que je ferais pour elle. Personne ne savait ce qui se passerait après. Est-ce qu'elle respirerait, s'étoufferait ? Combien de temps ?

On m'avait donné une paire de gants en latex.

J'avais tiré très lentement sur le long tube coudé, d'une quarantaine de centimètres, qui s'enfonçait dans sa trachée.

Ses yeux s'étaient trempés de larmes.

Elle avait gémi comme un nouveau-né, cherché l'air, toussé, puis aspiré l'air et respiré à peu près. Tout le monde avait respiré en même temps.

Puis, ils avaient tous disparu.

La mère était partie faire la lessive derrière la maison, j'entendais l'eau couler.

14

Agonie, c'était le mot.

Les mots des livres me revenaient en mémoire : « Elle avait agonisé trois jours, avant de s'éteindre. » Je lui souhaitais le cœur le plus fragile du monde. Ses pupilles se tournaient quand les enfants passaient près d'elle. Elle respirait avec difficulté, la bouche entrouverte sur un filet de salive. Il était 13 h. Elle transpirait, je l'avais découverte pour la rafraîchir. Deux papillons aux ailes mauves avaient folâtré un moment au-dessus de son visage. Une femme âgée était passée livrer une bouteille de gaz, la mère et la tante discutaient avec elle. La petite M ne voulait pas aller sous la douche et s'enfuyait en courant dans la maison. « *La vie c'est la vie. La mort c'est la mort...* »

Côte à côte.

Tout redevenait normal, tout reprenait sa place, sauf elle, fixant le toit, les yeux vides.

On entendait des éclaboussures d'eau dans la cuisine. Une voisine qui passait avait donné quelques coups d'éventail au-dessus du lit. M attrapée pleurait. Il n'y avait qu'à attendre. Les yeux d'Ann, de plus en plus perdus, viraient au vert, un vert étrange qui brunissait dans l'ombre.

Autour, il y avait les arbres, du soleil, le vent dans le bouquet immense de bambous qui craquaient. Il y avait un mois, nous dormions ensemble, au même endroit, sur le même lit, dans la chaleur de l'après-midi, sous le même ciel. Elle me parlait de guérison.

Accroupi près d'elle, j'avais pris sa main pour en poser la paume sur mon front, en dernière bénédiction.

Je l'embrassais comme on fait d'une reine. Ma reine au souffle court, raclant. Je ne comprenais plus rien du monde autour de moi. Ça allait, ça venait. Un oncle aux mains calleuses croisées dans le dos était passé pour se pencher sur elle, l'appeler en hurlant : « Ça va ? », réussissant à faire tourner ses yeux. Elle n'était pas aussi inconsciente que je l'espérais. Il l'avait touchée pour voir si elle était chaude, puis s'était retourné dans un sourire avec deux dents manquant sur le devant, pour me dire quelque chose que je n'avais pas compris. La mère était sortie, la sœur, la tante. Bientôt cinq ou six personnes caquetaient autour d'elle. M, douchée, cavalait en chaussures à clochettes. Puis tout le monde s'était de nouveau retiré dans la maison

Le calme de l'après-midi était revenu. J'avais repris ma place, accroupi près d'elle.

Sans le vouloir, des souvenirs défilaient. Ça ne pouvait pas être la même personne, ça ne pouvait pas être *elle* qui soit là.

J'aurais voulu m'allonger, la prendre contre moi. J'avais posé ma tête sur le matelas, près de son visage. Une voisine était passée rapidement jeter du riz sur elle en psalmodiant une prière rapide, avant de disparaître à l'intérieur.

Je n'avais pas encore osé entrer.

Revoir le lit où nous dormions, la moustiquaire rose, l'armoire aux tiroirs de guingois.

Trois femmes étaient venues. Je leur avais cédé ma place. Tout ce qui pourrait la distraire, qu'elle entende sa langue, les mots que peut-être elles trouveraient. Ça n'avait pas duré une minute, elles lui avaient couvert les jambes avec une serviette et s'en étaient allées.

Je voulais qu'elle arrête de souffrir.

Il me semblait que ça pouvait s'installer. Qu'on pouvait s'habituer à la voir allongée, inerte sur ce lit devant sa maison, cherchant l'air. La page de l'hôpital était tournée, semblait loin déjà. L'après-midi s'adoucissait.

Je savais qu'elle était mieux là. La fin de la route. Là où elle avait commencé. Entourée des siens. C'était son monde, une moitié du moins. La plus ancienne. La plus profonde.

Elle avait couru dans ces bois, joué sous ces arbres. Chaque son devait lui parler, chaque odeur, l'air.

Sur une banquette, plus loin, des femmes discutaient. Les poules, les chiens, les enfants sur des vélos. L'heure était partout paisible. Même le trou noir de sa bouche se refermait peu à peu, ses lèvres brillaient du baume passé par la mère – sa bouche enfin débarrassée des tuyaux.

La sœur et M étaient venues près d'elle. J'étais entré poser mon sac. À la même place, sur une malle en osier. Je m'étais allongé sur le lit, à la même place. Même si plus rien n'était pareil.

J'étais sans pensées.

Derrière la fenêtre, la terre et le ciel viraient au jaune sombre. Tout était toujours aussi beau.

Avec le soir, une pluie légère avait commencé à tomber. On

s'en apercevait d'abord au martèlement discret des gouttes sur les tôles. Un bruit familier qui j'espérais la bercerait.

Tout le monde avait couru un peu partout à la recherche de bâches pour protéger le riz. Il n'avait pas plu depuis mon arrivée, il y a dix jours.

Une vie.

On l'avait portée à l'intérieur sur le lit. Ce soir-là, je dormirais près d'elle.

J'étais sorti.

Les enfants jouaient en riant sous la pluie. Amy était venu s'asseoir près de moi. La petite M s'était pelotonnée contre lui, prenant son temps pour se couvrir d'une serviette, en enveloppant bien ses pieds. La mère attisait les flammes du brasero dans un envol d'étincelles. Bird avait amené des coussins.

Les trois s'étaient blottis, les uns contre les autres, sur la grande banquette de bambou. Plus calmes que d'habitude.

Tout était toujours aussi beau.

Déchirant de beauté.

Ils m'avaient tendu leurs bras pour que j'y écrive leur nom au feutre noir : BIRD, AMY, M.

Comme avant.

15

Dans le soir, les yeux mi-clos, la respiration sifflante, elle semblait dormir, une main sur la poitrine.

La mère lui avait donné à boire de l'eau sucrée, avec une petite cuiller.

Son visage s'émaciait.

Je ne voulais pas savoir dans quoi nous étions embarqués. Ce qu'elle vivait.

Je voulais qu'elle arrête de souffrir. J'avais prié désespérément pour qu'elle s'en aille cette nuit.

On l'avait changée, lui passant la robe blanche qu'elle portait le jour où nous avions été au temple pour le bébé. Sa robe de voile blanc, avec une ceinture de ruban, une boucle dorée. Une robe de petite mariée.

Les bruits dans la maison s'étaient éteints peu à peu.

Une tante restait là dormir avec la mère. Je m'étais allongé, tout habillé, près d'elle.

De sa respiration.

Dans la nuit, du bruit m'avait réveillé en sursaut.

Elle était brûlante. Le jour n'était pas encore levé. Je l'avais découverte.

Je ne la reconnaissais plus.

Les yeux clos, la peau tendue, noir d'ébène. Sa respiration grinçait violemment. Sèche. Métallique. J'avais pilé du paracétamol dans l'eau tiède d'un bouillon de riz, que je faisais goutter entre ses lèvres craquelées.

Tout était noir autour.

C'était encore les livres : « La fièvre l'emporta en quelques jours. »

Sous la moustiquaire j'avais couvert ses cheveux, son front, de linges mouillés. J'humidifiais ses bras, ses chevilles. Les petites plaques d'écailles blanchâtres sur ses épaules et sa poitrine avaient progressé.

Des gestes de pauvre, de dépassé.

La mère et la tante qui avait dormi là s'étaient levées, avaient préparé du café. Je m'étais senti coupable de pouvoir le boire à côté d'elle. Son souffle se calmait. Tout autour, le silence le plus profond régnait.

Accroupies, en sarong, les deux femmes l'avaient déshabillée, lavée avec de l'eau fraîche. La lumière d'une aube pâle s'étirait derrière les tôles translucides du toit.

C'était Gauguin. Je la trouvais très belle.

La tante priait d'une voix très grave, la tête baissée. Le jour montait derrière les claies de bambou. Une mélopée s'élevait au loin, passant par-dessus les arbres.

Ann restait brûlante mais calme. Tout ce qu'il y avait autour semblait éternel.

La vérité des choses.

La vie. La mort.

Avec la présence des deux femmes je me sentais moins paniqué. J'étais sorti. La tante veillait. La vie s'éveillait dans les maisons autour. La mère décrochait du linge.

Une cigarette.

J'entendais par intervalles les mains de la tante claquer sur un moustique.

Sur un balcon, un petit garçon en pyjama avait hélé la grand-mère d'Ann, qui arrivait : « *Yaï!* » La mère, revenue avec une bêche, s'était activée un moment dans le jardin, derrière la maison.

Le ciel.

Assis sur la banquette, dehors, je regardais la terre entre mes pieds.

Tout autour résonnait le chant contourné d'une femme accompagnée d'une flûte. Les maisons et les arbres se baignaient de rose et de bleu. Dans un haut-parleur, la voix basse d'un homme disant les prières du matin se superposait au chant.

La matinée avait avancé.

Tout semblait déplacé. Marcher, respirer, voir, se passer la main dans les cheveux, boire. Si facilement.

La veille au soir, quand j'avais mangé près d'elle, j'avais eu honte de sentir le goût de métal de la cuiller, de pouvoir mâcher les nouilles larges et les fragments d'œufs, de sentir le parfum des herbes dans ma bouche.

Une vieille cassée en deux, qui gueulait comme à la foire,

était entrée glisser un billet de cent bahts dans l'une de ses mains à demi fermées.

La sœur, la mère touchaient régulièrement son front. Amy chantonnait à leur côté, puis partait en courant, imitant le bruit de moteur d'une voiture. M tournait autour du lit, en pyjama, décoiffée.

Je renouvelais les petites serviettes mouillées, sur son cou, ses bras, en attachant une importance dérisoire à leur arrangement harmonieux. Repliant un coin. Disposant un ourlet.

Derrière le rideau d'arbres, la musique diffusée par les haut-parleurs sautillait maintenant.

Le bas de son corps était trop froid.

Le haut brûlait.

Les femmes se succédaient dans la maison. Les mains au dos, mastiquant du bétel. Sans un mot ou jacassant. Remuant la tête. Oui. Non.

On ne savait pas si elle était là. Elle paraissait si petite devant l'absolu de ce qui arrivait.

On ne savait plus à quoi servaient les trop nombreuses ficelles blanches qui encombraient ses poignets. Une télé marchait quelque part. On entendait les onomatopées d'un dessin animé.

On ne savait plus si embrasser ses mains, les caresser, servait à quelque chose. On était seuls au monde. Dans un monde du début du monde.

Son souffle s'apaisait, repartait en râles. Son visage comme un masque noir.

Personne ne savait où on allait.

La mère était partie à vélo. Était revenue avec de petites bougies, des fleurs.

Sous ses longs cils et les larmes, ses yeux entrouverts paraissaient vert émeraude, bleus. Chacun d'une couleur différente. Ses bras comme des allumettes, sa main posée sur une peluche plus grosse qu'elle.

Inlassablement faire de petits gestes dérisoires, sans comprendre. Être récompensé par quelques secondes de calme. Changer les petites serviettes qui brûlaient trop vite, sur son visage, son cou, son front. Soulever sa tête qui pesait des tonnes, pour qu'elle avale un peu d'eau. La caresser sous le menton, comme un chat, pour l'aider à déglutir.

La mère avait décloué le grand panneau qui masquait l'ouverture d'une fenêtre à venir, au-dessus du lit.

L'air sur elle. La lumière.

On arrivait à communiquer avec quelques mots : « *Dee mak mak…* » – « c'est bien… ». Elle avait passé une éponge mouillée sur le bâti, à l'intérieur, pour ôter la poussière.

Une tante, à son chevet, caressait ses cheveux, lui parlait, chuchotant d'une voix basse, maternelle, les mots qu'on emploie pour bercer les bébés.

On était partis au marché avec la mère. J'avais suffoqué en montant sur le scooter. Les enfants avaient demandé à venir tous les trois. Ça aidait un peu. On s'était empilés.

Tout le long de la route s'étendaient les filets immenses, où des femmes en fichu épandaient le riz rassemblé la veille, avec des râteaux à longues dents de bois. Le vert, le vent, le ciel, l'élégance de toutes. La patience appliquée. L'odeur de foin coupé. Des enfants à genoux jouaient. Une mère berçait son bébé à l'ombre d'un grand parapluie noir. Mon Dieu, que tout était beau. Elle m'avait offert tout ça, fait découvrir tout ça. Son village, sa vie. J'étais là. Pas elle. J'avais remonté, en retenant des larmes, les rétroviseurs qu'elle avait réglés à sa taille. Les fragiles ficelles porte-bonheur accrochées aux poignées flottaient gaiement dans la vitesse. La route était un chemin de croix sous le soleil brûlant. Les champs, les drapeaux blancs, les chiens comme des bornes. Je l'emmenais. Je l'imaginais, légère, derrière moi. Elle qui ne verrait plus jamais ça.

À l'angle où on tournait, le grand bouddha doré fermait les yeux.

En entrant dans la ville, à la hauteur du passage à niveau, j'avais cru entendre sa voix espiègle derrière moi, qui imitait toujours le signal. Quelque chose avait lâché, quelques secondes, les joues mouillées.

J'avais posé la mère et les enfants au marché.

J'avais erré en ville.

Sous un ciel cousu d'hirondelles, un farang blanc comme un linge essayait de ne pas pleurer devant tout le monde.

J'avais l'impression de lui voler sa vie. C'était sa ville. Son fils. Sa mère. Son ciel. Ses oiseaux.

J'étais là pendant qu'elle agonisait, allongée dans une tache de soleil.

Au Seven, les allées sans elle.

Les petits illustrés qu'elle achetait, les snacks sous cellophane, les parfums dans leurs flacons irisés, les bouteilles de whisky derrière le comptoir, comme au temps du Tam Nan. Partout elle.

Tout déchirait.

La mère m'avait proposé un sachet de ces petites boules de pâte, couvertes de sucre glace, que nous achetions ensemble. Il n'en était pas question.

On avait accroché les sacs sur le scooter. On était retournés. La route était droite sous le soleil.

Dans la maison, les femmes l'avaient tournée sur le côté. Les os de ses épaules d'oiseau ressortaient.

Le vert des bananiers, le ciel s'encadraient dans l'ouverture de la fenêtre au-dessus d'elle.

Des femmes parlaient fort, à l'écart.

J'entendais sa respiration sèche, asthmatique.

Je voyais ses yeux mouillés ciller, le blanc veiné de sang.

J'étais sorti.

Dehors, j'avais essayé de respirer comme elle, de ne prendre que quelques grammes d'air. On devenait fou en cinq secondes.

Mon Dieu, n'importe lequel, aidez-la.

Elle est si petite, tu vois bien. Elle ne peut plus. Que quelque chose lâche.

Arrêtez…

Prenez-la..

Ann…

… tu m'enverras des nouvelles, petit fantôme aux mains dans les poches.

16

Il y a eu de l'argent dans des enveloppes déposées dans des bols dorés.

Il y a eu quatre jours et trois nuits de cérémonies.

On t'a mise dans une boîte.

On a mis cette boîte dans une autre boîte, plus grande, qui brillait, couronnée d'or et de guirlandes lumineuses.

J'ai aidé à te mettre dans toutes ces boîtes.

Quand tu as été allongée, les mains jointes sur un bouquet de fleurs blanches, j'ai caressé, à genoux, ton front froid comme du marbre. Appuyé deux fois sur tes paupières fermées, comme on m'avait dit, pour qu'elles restent fermées.

Moi, j'aurais bien voulu qu'elles s'ouvrent encore une fois, encore toute la vie.

Des hommes et des camions sont venus monter de grandes tentes, installer des échafaudages, une sono, apporter des tables rondes, des chaises en plastique blanc.

Il y a eu beaucoup de monde, énormément.

Tout le monde t'aimait beaucoup. « *Everybody loves Ann* », m'a dit ton frère qui pleurait beaucoup aussi.

Il y a eu des fleurs. Une couronne avec ton nom et le mien. D'autres. Des bouquets.

On a encadré une photo de toi, que j'avais faite un soir avant de sortir, sur laquelle tu souriais.

En dessous on a mis deux dates : 2533-2556.

La boîte a scintillé de guirlandes, toute la nuit, entourée des flammes des bougies, de fumées d'encens, de couronnes de roses blanches, piquées de rouge – ta couleur. Tu étais née un dimanche.

Pendant toutes ces journées, la sono passait une musique lente, en boucle, toujours la même, qui finissait par un arpège de quelques notes très aiguës, détachées, comme des gouttes qui déchiraient le cœur.

Moi, je suis dévasté, submergé, éparpillé.

Il n'y a plus de centre. Je ne sais pas ce que je fais là chez toi, et toi qui n'y es plus.

Chaque seconde, ta voix, ta silhouette, tes mimiques, tes inventions, tes attentions sont partout, percent tout. Je te cherche partout, sans m'en rendre compte. Tu vas surgir. Je ne peux pas être que moi. Tu vas sortir de la douche, de la maison, apparaître entre les arbres. Tu t'es perdue, tu vas arriver. Le reste du monde va disparaître et toi tu seras là, et ça suffira.

Je dormirai avec toi, comme avant, pas avec une de tes robes serrée entre mes bras.

Ta mère et ton frère s'occupent de moi.

On me guide pour les cérémonies, les prières, les mains jointes.

Ta mère a entassé tes affaires autour de la boîte. On a arraché les plantes autour de la maison.

J'ai sauvé quelques robes, un peigne, ton parfum, la lampe de poche avec laquelle tu t'éclairais la nuit, quand tu te levais. Des détails, des grigris. Parce que tu les as touchés, ou parce qu'ils t'ont touchée. De pauvres vestiges, pour m'endormir en te gardant un peu.

Hier soir, je suis allé acheter une bouteille de whisky, pour pouvoir dormir.

Les enfants courent partout. Pour eux c'est la fête. Tout est très beau, très chaleureux et recueilli en même temps. Les gens mangent, boivent. Doivent penser à toi peut-être seulement de temps en temps, mais tous ensemble ça fait beaucoup. Pour te dire au revoir, pour te dire merci ou te demander pardon.

Pour que tu continues plus loin.

Chacun est venu là, avec son petit bout d'âme. Chacun est venu avec son morceau de puzzle, et ça fait un tapis pour que tu puisses t'envoler. Ma chérie.

Tu m'enverras des nouvelles ? Sinon, ça va être impossible. Tu es en moi pour toujours. Tu sais, je ne suis pas très grand. J'ai besoin de tes mots, de tes mains pour défroisser mon front, de te regarder dormir quand je me lève, d'entendre tes pas dans l'escalier, revenant chargée de sacs du Seven, les joues brillantes, essoufflée d'avoir monté quatre étages. De te regarder te préparer pour sortir. De ta voix de poupée.

Écrire sur le vide que tu laisses, c'est un peu un leurre, un peu vain, mais comme je te parle tout le temps ça structure un peu. C'est une autre façon de te parler. Autrement que les yeux embués, debout face à la forêt, dans la nuit ou dans la journée, ou dans les allées d'un Seven, ou roulant sur la route sous le soleil, ou devant ta penderie, ou serrant ta robe. Ou partout en fait.

Je sais que je te parlerai longtemps. Partout. Devant les choses que tu as vues, parce que tu les auras vues, ou devant celles que tu n'auras pas vues, parce que tu ne les auras pas vues.

Je sais que je te parlerai toujours dans ma tête, avec des mots très bêtes, des mots très convenus.

Les mots des pauvres gens.

Des mots pour que tu reviennes.

Tout le monde est très attentionné, me sourit, prend soin. Tout le monde est très étonné de voir ce farang blanc, ravagé de chagrin, qui marche à l'écart, qui va, qui vient, comme égaré dans un univers devenu incompréhensible.

Le soir, je dors sur ce matelas où nous dormions ensemble. Je dors en serrant ton cardigan orangé, celui avec des poches devant, où tu aimais glisser tes mains. Celui que tu portais cet été, la dernière fois où je t'ai vue debout par la vitre pluvieuse du bus qui m'emmenait.

Je dors dans ton parfum qu'il garde encore. Avec en fond sonore cette musique qui passe sans cesse dans la nuit noire, comme si la forêt tout entière chantait ta mélopée funèbre.

Sur un côté de la grande boîte dans laquelle tu reposes, à l'endroit où se trouve ta tête, il y a un bouddha souriant, aux mains jointes, assis au centre d'un ovale bleu, dans une fleur de lotus entourée de motifs pailletés de mica et d'or. L'ovale est à peu près grand comme ta tête.

C'est à ça, j'espère, que maintenant ta pauvre cervelle fiévreuse et gonflée ressemble un peu. À cette paix.

Cette nuit, j'ai été réveillé par un téléphone qui sonnait. Je t'ai cherchée près de moi, endormie, sans te trouver.

Je suis sorti.

Dehors, tout le monde dormait mal à cause des moustiques. Les enfants se blottissaient contre leurs mères, le dos rond de sommeil, se découvrant en se tournant, frissonnant.

J'ai apporté le whisky, pris un verre avec des hommes dont je ne comprenais pas beaucoup la langue. Partagé quelques cigarettes.

Tu as beaucoup souffert.

Tu n'as pas encore complètement disparu. Dehors, il y a ta boîte et toi dedans.

Cette nuit, devant cette boîte, je t'ai dit que je t'aimais absolument, mais que je ne savais pas si j'aurais été capable de prendre ta souffrance. Surtout sans savoir combien de temps elle allait durer.

Je t'ai demandé pardon de ça.
De ne pas savoir.

Petite Ann.
Tu avais un très beau prénom, un peu européen, qui te rapprochait de moi.

Demain, on va t'emmener dans ce temple où nous étions allés ensemble pour l'anniversaire du premier mois de la mort du bébé. Il y a un mois.

À côté du lit, dans une corbeille, il y a encore les boîtes des médicaments que tu prenais cet été et le cahier dans lequel tu notais ton traitement chaque jour. Tu faisais toujours tout soigneusement, avec gaieté et application, comme une bonne élève naturelle : défroisser les billets et les ranger dans l'ordre, au Tam Nan entourer mon verre d'une petite serviette en papier pour que je le reconnaisse, suspendre tes robes – par couleur –, organiser les plats sur la table.

J'entends des bruits dans chaque recoin de cette maison remplie d'ombres, où je suis seul sous la lumière des néons. Des craquements montent des murs, du toit, des armoires. Tout le monde préfère dormir dehors.

Tu me manques pour toujours.

Tu étais venue tard, tu étais née si loin.

Je n'arrive pas à dormir.

Je pense à toi toute la journée. Je te vois dans chacune des petites filles à la coupe carrée que je croise dans le village ou en ville.

Je n'arrive pas à dormir.

Un autre verre. Prendre des glaçons dans le frigo bleu posé de travers près de la porte.

Il est trois heures du matin.

Amy et M sont réveillés et jouent dehors, près de ta sœur. Des femmes prient à genoux dans les lumières qui clignotent, d'autres bavardent sur des nattes. Les hommes jouent aux cartes en partageant des bières. Des chiens s'agitent en rêvant. Dans le ciel, les nuages avalent la lune au-dessus des cimes immobiles. Dans l'air tiède, flottent une douceur et une liberté dont tu étais la clé.

Cette vie simple, élémentaire.

Cette vie d'enfants, même pour les adultes. Où on peut coucher avec la terre entière pour la consoler et s'endormir en pyjama Hello Kitty. Où on peut se faire piquer par un scorpion en regardant *Tom et Jerry*.

Tu imitais très bien Jerry.

Personne ne peut le savoir, mais rien que ça pourrait faire pleurer toute la vie. Savoir que je ne te verrai plus imiter Jerry. Jerry timide, Jerry se tordant de rire – avec le son –, Jerry s'enfuyant à toutes jambes.

Ici la nuit apaise toujours, je ne sais pas pourquoi.

J'aurais voulu vivre ici avec toi.

J'espère y renaître un jour et que ce soit toi qui viennes me trouver. Tu es partie avant, pour me faire la surprise. Une longue vie ensemble, à inventer partout, trouver tout gai, ne jamais s'ennuyer, parler sans cesse, dormir tard, se protéger mutuellement, ne pas aimer les voitures, s'admirer. Je t'admirais immensément. S'apprendre sans fin.

Tu étais sans doute la plus grande, puisque la plus proche de la mort. Tu me diras comment faire. Comment faire en attendant de te retrouver. On s'est promis. On savait que ça arriverait, mais je ne pensais pas que ce serait dans cet ordre-là.

Dehors, on entend claquer la portière d'une voiture qui vient d'arriver.

Je voulais une existence différente, singulière, qui soit mienne.

Je dors avec mon blouson, sous une couette en loques, trouvée dans un coin, dont j'ai chassé les fourmis.

Il y a ton cercueil devant la porte.

Je t'écris dans le noir à la lumière de mon téléphone.

Je m'endors chaque nuit en serrant dans mes bras un vêtement parfumé que tu as porté.

Ma fille aînée m'a appelé d'Afrique où elle pleure tous les jours en pensant à toi.

Je te porterai à jamais comme une broche invisible épinglée à l'intérieur de ma gorge. Un camée agrafé sur ma trachée, dans le cartilage.

Maintenant, dehors, quelqu'un fend du bois. Il est quatre heures du matin.

Tu n'es plus là, pour toujours.

17

Le matin, chacun vient devant ta boîte s'agenouiller pour monter à son front la petite fumée ondoyante d'un bâtonnet d'encens, s'incliner. Il y a des larmes au bord des yeux des femmes en veste noire qui se relèvent. « *Everybody loves Ann.* » Tu leur souris sur ta photo, quand elles s'éloignent, comme tu souriais toujours à tous.

Je tourne le café que ta sœur m'a apporté avec la petite cuiller qui me servait à te donner à boire en faisant perler quelques gouttes d'eau sucrée entre tes lèvres desséchées.

Je l'emporterai.

Encore un fétiche ; pour t'avoir encore un peu dans ma vie, « *You want coffee, teerak ?* ». Cette phrase qui débutait chaque journée suffit à me bouleverser.

Toutes tes phrases – « *Pah ?* » : on y va ? « *So funny...* », ton rire, « *You copy me !* ».

La montagne de cadeaux grimpe toujours un peu plus devant ta maison. Des femmes à la bouche pleine de bétel parlent en cercle autour de ta grand-mère, en faisant tourner un petit seau métallique pour cracher. Ton frère et ton fils passent en se tenant par les épaules.

Un vieil homme est agenouillé, les mains jointes devant la table où se déposent les dons. Un peu de riz, des billets. Tout est consigné dans un cahier, par ton frère ou ton oncle, le riz est versé dans de grands sacs. Il y en a déjà une dizaine.

Tu es partie le 1er novembre, le jour de tous les saints, des saintes.

La maison est le lieu le plus calme.

Je fouille. Je te cherche dans chaque trace que tu as pu laisser. J'ai recueilli l'écheveau de ficelles blanches qui entouraient tes poignets. Dans ton armoire, il ne reste qu'un oreiller crevé, qui a répandu son duvet comme de la neige sur une peluche oubliée là dans une corbeille en bois, une tasse verte en plastique, avec un sourire dessiné.

J'ai retrouvé le Zippo, que je t'avais laissé, dans un sac de trésors, contenant : ton livret bancaire, une photo d'identité, ton chargeur de téléphone, une carte de l'Insomnia avec un dessin d'ange à la tête baissée, un crayon pour les yeux, une boîte de poudre de riz en forme de cœur.

J'ai photographié ta signature sur le livret, fait claquer le Zippo vide, gardé le cœur et le crayon.

Derrière la maison, près des grandes tables où les femmes font la cuisine, une petite fille boit du Fanta rouge, comme tu aimais. « *Teerak, can you bring me one Fanta red, please ?* », le matin, quand j'allais au Seven.

Le Seven, un de tes temples. On s'y arrêtait chaque soir

quand on rentrait. Plusieurs fois dans la journée. Les vignettes argentées, du parfum, un snack pour toi, «*My snack!*», et un rire, pour rien, pour tout, pour moi. Parce que la vie était drôle. Toujours.

Le petit monument rose et blanc que j'ai acheté gît toujours en Lego démonté. On y placera tes cendres, quelques ossements. Il prendra place dans l'enceinte du temple où on ira te brûler tout à l'heure.

On m'a apporté un autre café, approché une chaise. Toujours cette attention de toutes les femmes, de ton frère, qui s'active inlassablement pour tout superviser depuis deux jours.

Le café est tiède, trop sucré. On m'a proposé de manger. Les enfants jouent avec un hachoir près de ton chien préféré, le plus petit, toujours ébouriffé, qui traque dans l'herbe quelques débris du cochon tué il y a deux jours, pour nourrir tout le monde pendant les cérémonies. Le soleil tombe tout autour sur la campagne peinte de vert et de bleu. Tu es à l'abri dans une grande boîte froide entourée de guirlandes qui clignotent, les yeux fermés dans le tintement des clochettes à vent.

Tout ce que tu m'as fait connaître est tellement simple et beau que je ne saurai pas quoi en faire sans toi.

Ton frère, ta sœur, une tante, des femmes, parlent. J'écoute, je reconnais quelques mots : Pattaya, farang, mon nom.

Je t'avais rencontrée deux jours avant Noël. Le 23 décembre.

Vingt-trois. Ton âge définitif.

Un signe de la main, à ta façon, paume vers le bas à la hauteur de ton front, dans la lumière rouge qui te découpait dans l'ombre sur la terrasse encombrée du Full Moon : « *Come… Come…* » Il y a trois ans.

Je n'aurai rien d'autre à faire en rentrant que de raconter ta courte vie.

Sur une photo, glissée entre les pages de mon carnet, la dernière image de toi debout. Petite silhouette floue et confiante, colorée, à travers la vitre mouillée du bus. Short, cardigan orangé, et tes mains dans les poches. Un pied sur un banc. La tête levée. On devine ton sourire, ta gaieté.

Je ne savais pas. Je n'aurais pas pu le croire.

Tu m'avais dit : « Quand tu reviendras, je serai guérie. Je ne retournerai à Pattaya qu'avec toi. » Tu ne savais pas que tu n'y reviendrais jamais.

On ne sait jamais les dernières fois.

La dernière fois que je t'ai embrassée. La dernière fois que nous nous sommes réveillés côte à côte. La dernière fois que j'ai entendu ta voix au téléphone. Le dernier repas que nous avons partagé. La dernière fois que je t'ai entendue rire. La dernière fois que nous avons roulé ensemble.

La dernière fois que je t'ai dit : « Je t'aime », et que tu l'as entendu.

On croit toujours qu'il y aura une prochaine.

On va t'emmener.

18

Ils t'ont brûlée dans une robe que j'aimais.

Celle avec une capuche et des épaulettes boutonnées, les manches courtes, coupe Courrèges zippée, de toile beige. Une blouse d'uniforme épuré de *Cosmogirl* spatiale pour ton voyage vers une destination inconnue.

On l'avait choisie ensemble, dans ce petit marché proche de la frontière cambodgienne, à deux heures de route du village.

Il y a eu encore des prières et des moines alignés. Des cloches, des bougies jaunes. Des bouteilles d'eau.

J'y suis allé en scooter, suivi par ton frère. Je ne voulais pas de voiture. Je voulais du vent et être seul.

C'était dans ce temple modeste, très simple, niché au fond d'un bois aux arbres aérés. Très humble, très discret, parfait pour toi chérie.

Il y a eu des écharpes blanches bénites, des fleurs. On a

lancé des bonbons aux enfants du haut des degrés du temple. Ça avait un air de fête, avec des rires, des courses, des cris.

Tu manquais ça.

Des hommes ont retiré ta boîte, avec toi dedans, de la grande boîte argentée.

Ils t'ont soulevée pour t'installer sur une plaque de tôle recouverte d'un lit de charbon et de fleurs, de papillotes de papier, au sommet d'un autel étroit posé sur des rails. Ils ont ôté le couvercle.

Ils ont jeté la couverture, ton sac, les Kitty, tout en vrac, en bas des marches.

On m'a demandé de regarder une dernière fois.

Je n'aurais pas dû, mais j'avais tellement envie de te voir encore. De toucher ton front, tes joues, bébé.

J'ai gardé les yeux ouverts une seconde de trop.

Quelqu'un avait pris ta place dans la boîte.

Ton visage, les lèvres mangées, les yeux. C'était déjà le visage d'un fantôme.

J'ai espéré que cette image s'effacerait.

Un homme est monté sur le bûcher pour t'arroser d'essence avec un jerrican de plastique bleu.

On t'a fait rouler à l'intérieur du four. J'ai aidé.

Tu pesais si lourd.

On a refermé la porte métallique, basse, très ancienne, cintrée – un peu Jules Verne. Fait claquer des verrous. Tourné des manettes. Colmaté le tour de la porte avec des chiffons gris.

Deux moines ont accroché une longue grappe de pétards à la poignée de la porte et déroulé un câble mince qui descendait jusqu'au parvis du temple, où la foule était alignée, en noir, les mains jointes, la tête baissée.

Il y a eu un silence.

Brusquement, un sifflement déchirant a traversé l'espace et un cylindre enflammé, guidé par le câble, est venu se planter dans la porte comme une flèche.

Tout autour, des fusées sont parties, beaucoup, je ne les ai pas comptées, vingt-trois peut-être, comme tes années, ça faisait de légers plumets de fumée blanche sur le bleu impeccable du ciel.

Le nœud de pétards sur la porte a crépité en rafales et de courtes flammes jaunes sont montées à l'intérieur du four, embrasant ta boîte qu'on devinait encore à travers un guichet vitré encrassé de suie.

C'était presque gai. Pyrotechnique.

Tu partais en joie.

Un long panache de fumée noire est sorti de la cheminée, dansant au gré du vent. Je suis allé m'asseoir dans l'herbe, un peu plus loin sous les arbres. Je regardais. Je regardais ton corps d'amour monter dans le ciel uni. Ton visage, tes mains, tes jambes qui se transformaient en cendres, s'envolaient, disparaissaient. Tout ce que j'avais tenu dans mes bras, chéri, tout ce qui avait changé ma vie. Quarante kilos de toi, de sourire, de cheveux noirs, d'ongles colorés, de pieds qui dansaient, de doigts comme des fléchettes.

Ça n'a pas duré longtemps. Après cinq minutes, le ciel était vide.

J'étais seul au monde.

Avant de partir, ta grand-mère nous a aspergé les pieds avec un rameau de feuillage et de l'eau dans un seau orange.

Je suis rentré, avec elle à l'arrière du scooter, à ta place. Elle ne pesait pas beaucoup plus lourd. Elle pleurait.

Il était trois heures. Je me suis servi un whisky, en comptant boire jusqu'au soir, jusqu'à tomber, jusqu'à pouvoir dormir dans ce monde d'où tu avais disparu.

Je ne pleurais plus.

Je pensais à la beauté simple et ombragée, humble, du petit temple caché sous les arbres, qui te ressemblait. Petite Ann. Petit fantôme aux mains dans les poches. Tu me trouveras, dis ? Promis ?

Ma danseuse, ma fée Clochette, ma chance, mon grand amour, ma petite sauvage, ma mère, ma sœur, mon amie. Surgie d'on ne sait où, une nuit d'avant Noël. Mon étoile filante, ma comédienne, mon infirmière, mon héroïne, ma vigilante, si fine, si patiente. Personne ne m'avait emmené aussi loin. Dans ce village perdu au bout du monde. Personne ne m'avait donné ces nuits, personne n'avait agonisé dans mes bras. Personne ne m'avait donné ce sexe heureux et sans enjeux déplacés. Personne ne m'avait donné cette gentillesse. Cette attention. Cette fantaisie. Personne ne savait imiter un ver à soie, Jerry, ou un passage à niveau. Personne ne savait décapsuler une bière avec les dents et dormir comme une poupée.

Personne ne s'était assis en amazone à l'arrière d'un scooter, m'enlaçant, les pieds frôlant le goudron qui filait, « *Like teenagers…* ». Ma fatale. Mon exténuée.

Tu enjambais la mer. Tu remplissais le ciel.

Ton frère m'a demandé de l'accompagner en ville. La lumière déclinait. La campagne s'ombrait de vert et de jaune d'or. La route longeait des alignements de palmiers. Les femmes sous des ombrelles, les enfants qui jouaient. Les rizières courbées à l'infini, qui ondoyaient comme une mer sous le soleil à l'horizontale.

On a été au marché, pour des fleurs, des fruits. On a été au Seven, sur tes pas. On a pris de l'essence. Ça apaisait beaucoup.

En revenant, il m'a montré l'emplacement où on installerait demain le petit monument rose et blanc qui serait le tien. Un endroit ombragé au fond du parc qui entourait le temple. Il y avait une dalle vide entre deux chedis très anciens, patinés, vert-de-gris, estampés de motifs de lotus qu'on devinait à peine.

Un lac bleuté derrière le mur. Des feuilles sèches qui craquaient sous nos pas, dans le silence. C'était très touchant de t'imaginer là.

19

Le lendemain, on m'a tiré du lit à cinq heures du matin. On m'a mis un café trop sucré dans les mains.

Nous sommes retournés au temple avec ta famille.

Sur l'esplanade, les moines avaient tiré du four la plaque de tôle sur laquelle tu avais brûlé.

Tu étais là.

Noire. Carbonisée.

Ta petite forme, en bas-relief de cendres et de charbon. Exactement.

On reconnaissait tes bras, tes jambes.

Ta taille.

Ta silhouette.

Mon amour en cendres.

Nous nous sommes agenouillés tout autour de ton corps fragmenté.

Chacun t'a décorée de pièces argentées.

J'ai déposé cinq pièces sur ton front pour te faire un diadème, quatre en croix, à la place de ton cœur.

Les deux dernières sur tes poignets, qu'on devinait. Une encore sur ta bouche, comme un baiser d'argent.

Le dernier.

Les femmes avaient préparé de la nourriture. Un moine à genoux sur le ciment a découpé à la machette une noix de coco cueillie dans le bois près du temple.

J'ai déposé des morceaux de sa chair sur les feuilles larges disposées près de ta tête. D'autres ont posé du riz gluant, des nouilles, des bouquets de bananes miniatures.

Et puis, on t'a habillée.

Ta mère avait sorti d'un sac des dessous neufs, roses d'un rose que tu n'aurais jamais choisi, un chemisier blanc, un sarong parme et noir, tes tongs bleues que j'avais photographiées sur le carrelage de l'hôpital en me demandant quand tu les porterais de nouveau.

Les femmes ont disposé les vêtements sur ta forme noire, retournant soigneusement chaque pièce à l'envers, puisque tu étais passée de l'autre côté.

On t'a couverte d'un linge blanc, comme un suaire, et d'une longue feuille de bananier qui te recouvrait presque entièrement. À genoux, aux quatre coins, nous avons allumé les petites bougies jaunes, prié en élevant des bâtonnets d'encens pendant que les moines chantaient d'une voix grave et rauque.

Je ne pensais pas qu'il puisse encore exister de rituels aussi sophistiqués.

C'était l'enterrement d'un pharaon. D'une princesse égyptienne.

On a jeté la nourriture aux chiens, dans l'herbe, en bas d'un éboulis de terre. Le soleil encore pâle étendait ses feux roses sur le lac.

Les hommes ont retiré la feuille de bananier. Ôté le linge et les vêtements.

On t'a arrosée avec de l'eau claire qu'on puisait dans nos mains et chacun a fouillé le mélange humide de charbon, d'os et de cendres, à la recherche de fragments de toi qui lui plaisent.

Ça discutait. Comparait.

Comme des enfants chercheraient à genoux des coquillages sur une étroite plage de sable noir, grande comme le corps d'une adolescente. Comme on trierait des lentilles. Comme on chercherait de l'or.

Tout le monde avait les doigts noirs et mouillés de toi.

Rien ne m'aurait été volé de toi.

J'aurais tout regardé, tout touché. Tout tenu de toi, jusqu'au bout.

Tes petits os étaient déposés et lavés dans la feuille de bananier, puis nettoyés encore dans le sarong avec une eau différente, orangée. Un mélange de terre du temple et d'eau. On aurait dit du Fanta.

Un homme à genoux a percé un trou au fond d'un bol de terre cuite.

Ta tante y a placé une pièce, puis du riz. Une autre, quelques-unes des ficelles blanches qui avaient entouré tes poignets. J'y ai déposé quelques pétales de la couronne d'hier et l'un de ces cœurs, tout petit, que tu faisais en pliant minutieusement un billet de vingt bahts.

Tout le monde parlait sans cesse pour discuter des modalités du rituel, chacun avait son avis. Ça faisait un peu marché ou partie de cartes. Ça rendait tout vivant. Pas compassé.

Chacun a trié encore, choisi quelques fragments de toi pour les déposer dans l'urne dorée au toit en pointe qu'avait apportée un moine. Je choisissais les plus fragiles. On reconnaissait des esquilles de côtes, des phalanges.

Le reste des ossements est allé dans le bol en terre.

C'était fini.

On m'a remis l'urne où tu reposais, enveloppée dans un linge blanc, un parapluie. Dit : « *You have to take care of her.* »

Prendre soin de toi.

Les femmes ont préparé un dernier repas sur une natte, devant les marches du temple. Autour, le soleil commençait à percer les feuillages, des doigts de lumière poudrée tombaient en rayons obliques sur les plats disposés.

Ensuite, tout le monde est remonté sur un vélo ou dans une voiture. Je suis resté seul avec ton frère.

Nous devions partir les derniers, quand tout le monde aurait disparu.

Ton frère a conduit doucement.

J'étais derrière, avec le parapluie ouvert, pour te protéger du soleil, comme font les femmes ici.

« *You have to take care of her.* »

Petite Ann.

Je te portais sur mes genoux. Tu n'avais jamais été aussi légère.

C'était très beau. C'était si triste.

Le ruban de terre rouge, puis la route droite jusqu'au village. La demi-boule d'or du soleil montait sur l'horizon, la forêt se couronnait de nuages effilochés comme des écharpes, très haut dans le ciel, qui nous accompagnaient.

En arrivant, ta tante a pris l'urne dans son bouquet tissu pour la placer devant cette photo de toi dans la lumière de la chambre, souriant à la gaieté de la soirée qui venait. Il y a longtemps.

Me souriant.

On a versé de l'eau devant le seuil de ta maison.

Quelqu'un est allé cueillir quelques rameaux de branchage dans le jardin.

Il y a eu encore des bols d'or. Des écharpes bénites. De l'argent dans des enveloppes. Des pièces déposées ici et là. Du riz gluant enveloppé dans de petits carrés de feuilles brunes et humides. Des agenouillements dans la lumière des cierges, des mains jointes qui montaient dans le brouhaha des discussions des femmes aux cheveux blancs ou jais, aux bouches déformées par le bétel, aux yeux fermés. Les femmes et les enfants priaient à genoux devant ton portrait, les hommes à l'écart, sur des chaises. Ton frère et moi étions avec les femmes.

Les poules et les chiens se tenaient calmes et sages sous les pilotis d'une réserve à je ne sais quoi.

Il y a eu encore des litanies, des chants pleins de voyelles graves au micro.

On a ouvert l'urne où il y avait tes os pour la poser devant ta maison.

On t'a encore offert à manger, une dernière fois.

Ce que nous avions acheté la veille avec ton frère, au marché.

J'avais choisi des pommes, quelques grenades, ces beignets couverts de sucre, que tu aimais.

Des choses que tu aimais.

Une dernière fois, la famille s'est agenouillée autour de toi. Ton oncle a brûlé les feuillets des prières qui avaient été dites pendant les cérémonies dans un grand bol d'argent. Ta mère a versé de l'eau, mélangé les cendres.

Je tenais sa main, ta grand-mère aussi.

On nous a aspergés avec cette eau en agitant les rameaux cueillis dans ton jardin. Ça a coulé sur mon front, sur mes joues, dans mes yeux encore une fois.

Ton frère m'a libéré de l'enchevêtrement de ficelles blanches qui ceignait mes poignets.

La foule nous a entourés pour nous offrir et nous attacher de petites ficelles, jaunes cette fois-ci, murmurant des prières. Des dizaines de petites ficelles. Si lourdes. Une foule immense.

Tu souriais au-dessus de nous, sur la photo. Je repensais à cette nuit-là, à tant d'autres, si gaies, où tu n'aurais pas pu imaginer ce qui nous attendait.

Ce qui t'attendait.

Sur la banquette devant la maison, il y avait encore le matelas où je t'avais allongée, le jour de ton retour. Ce matelas sur lequel tu étais morte.

J'aurais bien aimé qu'on le brûle aussi. Qu'on le cache au moins.

Tout le monde s'est installé pour manger.

Dans la maison, j'ai refait ce lit où je ne dormirais plus, allongé ton gilet sur ton oreiller, comme chaque matin depuis ton départ, replié la moustiquaire. « *Our little house* », comme tu disais en riant.

J'ai refait du café.

Dehors, maintenant, la sono passait des chansons d'amour qui parlaient d'étoiles, « *dao* ». De ciel, « *ton fà* ». De filles et de garçons au cœur brisé, « *sia djaï* ».

Les hommes ont ouvert des bières.

J'ai fait une dernière photo de l'urne posée devant ton portrait.

On m'a apporté à manger dans la maison, où je préférais rester. Comme si je t'y voyais encore ou comme si je t'y attendais. La lumière tombait à travers les tôles translucides.

Je t'attendais.

J'étais le dernier à avoir les yeux mouillés souvent.

C'était vertigineux de t'imaginer voyageant ailleurs. Renaissant dans un autre corps. Neuve. Comment te penser autrement que comme je t'avais toujours connue ?

Comment t'imaginer sous une autre forme que celle que j'avais aimée ?

J'avais toujours recueilli tout ce que je pouvais de toi. Dès le début, dès la première heure. Des images de tes affaires pliées près de ton sac dans la chambre du Full Moon, pendant que tu te douchais. Au matin, les premières images de toi, endormie, tournée sur le côté. Plus tard, téléphonant ou dînant au marché, devant une soupe.

J'avais continué ici, même pendant, même maintenant. Tes tongs inutiles sur le carrelage de l'hôpital. Toi intubée. Toi brûlée. Toi sous la forme d'une fumée qui montait dans le ciel. La bouteille d'eau sucrée qu'on t'avait préparée. Une pince fleurie tombée au fond de ton armoire.

Est-ce que ça consolait ou est-ce que ça aggravait ?

De toute façon, je n'aurais pas pu faire autrement.

Je t'avais photographiée dans tant de chambres. Te maquillant, t'habillant, dansant, pleurant. Donnant à manger à un bébé éléphant ou à des crocodiles. Je t'avais photographiée gaie, triste. Tes pieds. Tes bras. Ton profil. Tes tiroirs. Toi penchée sur moi.

Des centaines de photos. Des grains de poussière, de lumière.

De ta lumière

Qui s'était fondue maintenant dans une plus grande, pour réapparaître je ne sais où.

Je te chercherai.

Croiser une petite fille, brune ou blonde, un jour, dans un parc quelque part n'importe où dans le monde, un après-midi ensoleillé.

Le ciel dans ses cheveux. Le feutre décoiffé de l'herbe sous ses pieds nus.

Qu'elle s'approche. Qu'elle me regarde comme tu le faisais, sérieuse, avec un invisible sourire, la tête levée. Le soleil sur ses yeux, à travers le feuillage. Qu'elle dise : « Je suis Ann. »

Dans n'importe quelle langue, je comprendrai. Le ciel dans ses cheveux que la lumière traverse.

Qu'elle s'en retourne jouer en sautillant. Heureuse. Légère. S'éloignant.

« *Je suis Ann.* »

Petit fantôme aux mains dans les poches, pour toujours penché sur mon épaule.

Invisible, bavarde, muette.

20

Le soleil était haut maintenant. On m'a redonné la petite urne.

Ça a discuté pour le parapluie. Oui ? Non ?

Finalement on m'en a donné un autre, blanc, avec des papillons de toutes les couleurs, qui s'envolaient. « *Narak! So cute...* », mignon, tu aurais dit.

Tu avais souvent huit ans en matière de goût. Souvent mille dans ta vie.

On a roulé doucement. J'étais derrière ton frère. Je te tenais serrée contre moi avec mes deux mains nouées comme tu aimais, quand tu t'appuyais sur moi, de dos, dans le vacarme du Tam Nan ; mes deux mains croisées sur ton ventre, en petit bouclier dérisoire qui n'avait pas suffi à te protéger.

Le petit monument rose était déjà monté. Il y avait un minuscule palmier devant. Des pastilles de lumière voletaient, découpées par l'ombre des feuillages qui s'agitaient.

Ça t'allait parfaitement. Ça te ressemblait.

On m'a demandé de placer l'urne à l'intérieur, par une ouverture étroite. J'ai escaladé le chedi en te portant, en équilibre instable. La petite coiffe dorée est tombée en tintant à l'intérieur de la cavité. J'ai entendu ton rire : « *Baby!...* » J'avais toujours été bien moins adroit que toi.

Les moines ont scellé la porte de la petite niche. Fini de placer la pointe du chedi, qui dépassait maintenant le mur d'enceinte. Derrière se trouvait la cour d'une école, un petit parc avec un toboggan et des balançoires où jouaient des enfants. Tu adorais les enfants.

C'était parfait.

Du temple s'échappait le son délié d'une flûte. Tu serais bien, là.

Tu n'étais nulle part. Tu étais partout. Tu serais là pour moi, le seul endroit où je saurais que tu restais un peu.

Tout était fini.

Accompli.

Tout le monde est parti.

Je suis resté avec ton frère, qui avait enfin un peu de temps pour te dire au revoir, le front plissé, les yeux mouillés.

Nous sommes rentrés lentement, en prenant le temps de faire le tour du lac.

Une brume de chaleur s'en évaporait. Ton ombre était assise entre nous, en amazone, avec tes jambes légères et brunes qui se balançaient doucement dans le vent de ce début d'après-midi.

21

Départ en bus ce soir.

Une tornade était passée. Rien de ce qui existait il y a quinze jours n'était debout. Le monde était aplati. Sans forme, transparent. Vide.

Je t'emporterais avec moi. Je t'emportais trop tard.

Je ne t'avais pas sauvée.

Avant de partir, j'ai accroché ton portrait dans la maison, mis des fleurs. Glissé un mot derrière le cadre, qui disait que « je me souviendrais toujours de toi comme d'une fille qui savait tout danser ».

Tu sourirais pour toujours à côté de l'armoire, au-dessus de ce lit que nous avions partagé, de la moustiquaire roulée. Notre fragile abri au toit penché, qui te faisait rire.

Allongé sur le lit, à ta place, j'ai fait une photo de ce qui avait sans doute été ta dernière vision : les tôles et les poutres minces du toit de ta maison, un néon accroché par quelques tours de fil de fer.

Dehors, le vent passait sur une tasse de café refroidi, oubliée sur une table.

Autour c'était *Stalker*, des papiers, des cadavres de bouteilles plastique, l'herbe écrasée, des chaises abandonnées, des chiens.

L'endroit de ta disparition. L'endroit de ta naissance.

Là où tu jouais petite, courais, te griffant les jambes aux ronces, rapportant des brassées de champignons ou de fleurs dans le creux de ta robe relevée en panier.

L'endroit de ta vie, de ta mort.

Des hommes démontaient l'échafaudage de la sono, repliaient les chapiteaux des tentes. Empilaient les chaises, les tables.

Avant de partir, je suis repassé au temple, pour te dire au revoir.

Il y avait un banc de pierre près d'un arbre penché, où l'on pouvait s'adosser. De l'ombre, une lumière douce, apaisée.

Derrière la petite ouverture scellée maintenant, il y avait quelques os de toi. Ce qui restait. Que j'avais dû souvent toucher au travers de ta peau. Quelques osselets de tes doigts, de tes mains, que j'avais si souvent tenues, de tes côtes, de tes hanches minces, de tes épaules, de tout ton corps que j'avais si souvent serré, chéri. On entendait les enfants jouer, des cris, des éclats de rire. Au-delà du muret flottait le drapeau de ton pays.

Je savais que je reviendrais m'asseoir là.

Tu ne souffrais plus, sauf dans ma mémoire. Je ne pourrai jamais oublier tes yeux perdus, ta douleur muette. Malgré le présent, le soir qui tombait bleu et gris.

Je suis sorti du parc à reculons jusqu'à la porte de pierre, pour te regarder jusqu'au dernier moment.

Un feu de broussailles et de feuilles brunes crépitait dans l'ombre d'un muret près de la petite entrée. Le soleil se couchait sur la pièce d'eau figée dans les rayons de lumière diffractés par des nuages ourlés de pourpre et d'or.

Un ciel de Sixtine.

Sur la route, j'ai croisé le retour de l'école. Des files de petites toi à vélo, en chemisier blanc à manches ballons, aux yeux comme deux feuilles noires.

Je suis allé en ville.

Je suis passé dire au revoir aux allées du Seven, au Fanta rouge derrière les vitres des armoires frigorifiques, à la balance, avec laquelle nous avions rendez-vous chaque jour, cet été, pour mesurer les progrès de ta guérison. Je suis passé dire au revoir au *beauty saloon* où tu aimais aller. Dire au revoir au marché, aux petites crêpes vertes que tu achetais pour faire plaisir aux enfants.

Je suis passé dire au revoir à tous ces endroits que tu ne pensais pas quitter si vite.

La gare où nous avions pris le train pour Si Saket ou Surin. La station-service. Le passage à niveau. Le web café «*five bahts*». Le parc de jeux au bord de la rivière.

Ensuite, mon sac.

J'aurais voulu emporter le bol dans lequel tu mangeais, tes petits sachets de médicaments, une tôle du toit, un arbre, une carafe de l'eau du puits, la vue, la pluie, une pierre, un morceau du vert des rizières.

Comme si tous ces détails dérisoires avaient le pouvoir, ensemble, de te rendre la vie.

Comme si de ce puzzle magique tu pouvais ressusciter.

Toute ta famille m'a accompagné à Surin. Cinquante kilomètres dans la nuit. Un plein pick-up de femmes et de gosses. Dix-huit, j'avais compté.

Des au revoir gais et tristes, sur le parking : « *Come back… You have family here, now.* » Des bras levés.

Ils étaient partis.

Je savais que je pleurerais tous les jours en pensant à toi, et que j'aimerais ça.

Comme la dernière émotion que je partagerais avec toi. La dernière chose vivante que tu me donnerais.

Dans la salle d'attente je n'avais pas pu supporter la gaieté glapissante de la télé. J'avais attendu dehors.

Dans les pages en anglais d'un magazine pour filles, abandonné sur un banc, j'avais appris que tu étais morte le jour de l'anniversaire de Kitty.

J'étais petite et j'ai dû m'endormir
L'eau coule près de moi, et pourtant j'ai soif
J'ai quitté ma maison, sans avoir apaisé ma faim
C'est dur le noir très noir pour une petite enfant, haute est la poitrine qui étouffe ma bouche
Les gardiens de la porte empêchent les vivants de venir me voir
Mon cœur serait pourtant heureux de voir des gens
J'aimais le bonheur
Maître des dieux, maître d'éternité, donne-moi du pain, de l'encens et de l'eau.

Avant qu'on te brûle, sur une feuille du carnet, j'avais recopié ce poème d'un scribe de Thèbes, retrouvé dans la tombe d'une petite Égyptienne de neuf ans, pour le glisser entre tes mains.

TA VILLE

01

J'avais quand même eu un sourire en retrouvant ta ville.

Il était quatre heures du matin.

Une heure à laquelle nous rentrions souvent la première année.

En descendant du bus, j'étais entré dans un Seven acheter des cigarettes, en demandant avec les mots que tu m'avais appris. Puis, un taxi-moto, sans demander le prix, comme tu faisais, en indiquant l'adresse approximativement. Je n'avais plus ces petits papiers que tu me donnais, avec l'adresse exacte écrite dans ta langue.

Il faisait froid ce matin-là.

Je te voyais partout et pourtant je savais que je ne te retrouverais nulle part.

J'avais traversé ce marché de nuit où nous avions souvent mangé une soupe dans les néons et la fumée, acheté une robe, des boucles d'oreilles ou retrouvé tes amies.

Le jour n'allait pas tarder.

Régler l'hôtel. Monter.

En entrant dans la chambre, j'avais ôté mes chaussures, comme avec toi.

Mon Dieu, « *comme tu m'avais appris...* », « *comme tu faisais...* », « *avec toi...* » : j'allais dire ça chaque seconde ici, maintenant.

J'avais avalé deux Tylenol, retrouvés dans un sachet, au fond de mon sac. Démarré l'ordinateur, ce médicament contre la solitude. Ouvert la baie vitrée.

Sur le balcon, tout s'étendait pareil.

Mon cerveau essayait de te localiser partout, dans une peine incrédule et sourde qui bloquait la respiration.

J'avais pensé que c'était ce que tu devais ressentir, muette, les yeux paniqués sur ton lit d'hôpital, dans le bourdonnement des machines, fixant ce qu'on ne pouvait voir, comme à l'écoute du cliquetis lointain, presque imperceptible, des crans du mécanisme d'une trappe qui s'ouvrait quelque part où tu allais tomber.

En bas, quelques rares voitures passaient dans des froissements de pneus mouillés, le long des rues vides. Des motos cahotantes poussaient devant elles de petits phares jaunes qui faisaient scintiller les flaques d'eau noire de la chaussée. Au loin d'autres lumières se suspendaient, immobiles dans la nuit, comme des étoiles au fond d'un puits.

Sur le balcon, j'avais pensé pendant quelques secondes que j'aurais préféré, peut-être, ne jamais te connaître.

Dans la salle de bains, le lavabo fuyait.

C'était un hôtel où je n'étais venu que seul, cet été, quand tu étais dans ton village.

C'était un hôtel où il y avait toujours quelque chose qui ne marchait pas. Proche d'autres chambres où nous avions vécu – l'une de ces chambres à peine à quelques mètres derrière le mur, au même étage, dans l'immeuble voisin.

« *Le plus grand bordel à ciel ouvert du monde* », on disait. La plus belle ville du monde, pour moi, depuis longtemps. Encore plus aujourd'hui.

Sur le carrelage de la salle de bains, un cheveu noir, long, perdu, s'enroulait. Ce n'était pas à toi, mais c'était bien.

Un autre près du lit, comme le chemin d'un Petit Poucet fantomatique.

Le jour se levait.

J'avais sorti ton gilet de mon sac. Je m'étais allongé pour dormir quelques heures, avec lui dans mes bras. Avec une grande serviette pour couverture.

Comme tu faisais.

02

« PLUS JAMAIS » est quelque chose de très difficile à concevoir. Une partie de mon cerveau l'admettait, l'autre ne pouvait pas, l'autre t'attendait. Se disait que tu allais arriver. Que tu étais quelque part. Que tout ne pouvait pas être autant *comme avant*, mais sans toi. Qu'on devrait disparaître en emportant au moins une partie du décor. Que les voitures ne pouvaient pas continuer à rouler, que les néons ne pouvaient pas continuer à clignoter, la musique continuer à tourner, sans toi.

Que je ne pouvais pas être autant chez toi, mais sans toi.

Alors, cette partie attendait que tout redevienne *comme avant*. Concevable.

Que tu sois là.

Je marchais ? Oui, je marchais.

Je parlais ? Oui, je parlais.

Je pouvais sourire ? Oui. Aussi.

Comme un homme à qui on a coupé les bras, mais qui peut vivre sans. En évitant de se demander : « comment ? » ou « pourquoi ? ».

La moitié du monde avait disparu. Il restait un étroit chemin à suivre. Une ligne au bord d'un vide.

Je gardais ta barrette Dior, fausse, dans ma poche. Une étiquette Kitty trouvée dans la terre devant ta maison.

Dans la chambre, j'avais accroché la robe dans laquelle tu étais morte à l'un des rideaux qui encadraient la fenêtre, en prenant soin de l'accrocher à la hauteur exacte où tu l'aurais portée.

Petit fantôme.

Tu avais rendu le monde transparent.

On m'appelait. Je racontais. Même s'il n'y avait rien à raconter de vrai. Le vrai, la réalité de ça, ne pouvait pas se dire.

On me demandait : « Ça va ? » On attendait une réponse. Tout le monde, la majorité, me parlait au futur, avec des mots comme : « Le temps », « Il faut », « J'espère », « Tes enfants », « Allez… ». Jamais au présent.

Peu comprenaient. De toute façon, personne n'avait jamais vraiment compris, mais c'était sans importance.

Sans doute, un des privilèges de l'âge, c'est de ne plus espérer partager grand-chose avec grand monde.

J'avais des souvenirs par centaines, mais pour toujours je n'aurais plus que des souvenirs. Il n'y aurait rien d'autre maintenant que ce qui avait été. Tu n'existerais plus que rangée dans mon imagination.

Tes vêtements vides, plus que les photos, seraient les seules preuves que tu avais existé. Je savais que ce serait de plus en plus difficile à croire. Dans les mois, les années qui viendraient, ton parfum s'évanouirait, ton visage se figerait, mais il resterait le contact de ces tissus qui t'avaient touchée.

Je comprenais ceux qui faisaient tourner des tables. Ceux qui cherchaient à revoir un visage aimé dans la neige de l'écran d'un téléviseur.

Je t'avais vue mourir, longtemps, sur un lit, devant moi, cherchant ton souffle, les yeux noyés. Le cou tétanisé par l'effort d'inspirer quelques grammes d'oxygène. Le corps paralysé.

Les yeux. Le souffle. Les deux dernières choses que tu avais possédées un peu. Le reste, brûlant, rongé de fièvre, saccagé par quelque chose d'implacable que personne au monde ne pouvait arrêter, abandonné à ce qui le dévore. Le repas des chiens.

J'avais vu mourir pendant quinze jours la femme que j'aimais.

J'avais dû décider qu'il fallait que tu meures. Je t'avais condamnée.

Je t'avais regardée agoniser.

J'avais prié pour que ton cœur s'arrête.

Je t'avais portée morte dans mes bras, petit cadavre encore tiède. Si mou.

Je t'avais déshabillée entre des murs de parpaing pour qu'on te lave, recroquevillée sur le béton, tes genoux qui tombaient, ta tête qui ne se tenait plus, le rideau de tes cheveux qui recouvrait ton visage comme des algues noires. Je t'avais étendue, devant ta maison, sous une couverture, les mains jointes attachées.

J'avais fermé tes yeux.

Je t'avais vue cadavre en décomposition. Bas-relief de charbon. Ossements sous le ciel bleu, au milieu de la beauté.

Je t'avais portée dans une urne, si petite, pour te ranger au fond d'un jardin.

Tu sais, sans toi je ne sais pas ce que je serais devenu ces dernières années. Tu avais réparé tant de choses. T'avoir comme amour, c'était comme avoir cent amours.

Tu m'auras même montré comment on meurt.

L'étau de tes tempes, les néons jour et nuit, tes yeux sans vie et les poches accrochées. Les infirmières, les drains, l'unité de soins intensifs et ces dernières nuits près de toi.

La dernière nuit. Le grincement de ton souffle. Ton visage.

J'y penserai chaque jour.

L'incrédulité que tout ça se soit fait si naturellement, médicalement.

Cette acceptation civilisée de la chose la moins civilisée du monde.

Ensuite tu te débrouilles. Le monde continuera, et toi tu seras censé faire comme si. La route continue. On y va. Tu te débrouilleras avec tes souvenirs et son tee-shirt collé sur ton visage dans la nuit. Les photos sur le mur, les reliques alignées, les rires dans la rue qui te disent que le monde avance et ne se retourne jamais.

03

« Chaque jour est un arbre qui tombe. »

mais un jour, toute la forêt est dévastée, la colline emportée par un ouragan…

La dernière fois que j'avais eu ta voix au téléphone, il pleuvait des trombes d'eau sur le toit de tôle de ta maison. Tu n'entendais rien, j'avais dit que je te rappellerais demain.

… et tous les arbres de la colline se sont enfoncés dans ta poitrine…

Ce serait la dernière fois que j'entendrais ta voix.

… il ne reste qu'un trou, un cratère stérile, noir. si noir. sans fond. on ne peut y tomber, on ne peut que s'approcher tout au bord, avoir le vertige, la nausée. y jeter quelques fleurs dérisoires, colorées, gaies, qui te rappellent un peu, nous aident… le trou reste, d'un noir impossible. pour toujours. jamais, toujours, c'est pareil…

Jamais / Toujours. Ça devient pareil, étrangement.

Comme les deux plateaux d'une balance vide qui ne pèse plus rien.

La mort est un trou dans le sens, une suite d'appositions impossibles :

Je ne peux pas / Je dois.
Acceptation / Effroi.
C'est inconcevable / C'est.

… au début de ce cahier, tu étais vivante.

Tu n'as rien emporté. Tu as tout pris.

Je t'aimerai toujours / Tu ne m'aimeras plus jamais.
Tu es partout / Tu ne seras plus jamais là.
Tu es inoubliable / J'ai peur de t'oublier.
L'extraordinaire immobilité de la mort / La vie qui continue.
Je pense toujours à toi / Tu t'en fous.

Dans la journée, j'avais arpenté le « pavé presque pensant » de Proust, un goudron fait de ta dernière poussière, de ta vie dans la chaleur de ces rues. Une balade en mode mineur, un parcours en creux, avec le passé en surimpression toujours, comme une gaze.

Comme les débris d'un rêve, comme une histoire qu'on se rappelle.

Marcher sur ces trottoirs familiers, sans que tu sois là au bout, familière.

« Ta vie… », ce si rapide et si étrange voyage. Comme si tu avais toujours su que tu avais si peu de temps. Comme si tu avais toujours su que tu n'aurais pas le même temps que tout le monde.

« Ta vie... », petite martyre jamais amère, même seule, enceinte, au début de ta maladie, désemparée dans ta chambre, d'où tu appelais des taxis-motos pour qu'ils te rapportent à manger.

Je pensais : « Elle ne souffre plus... », mais qui était ce « elle » au présent ?

Tu seras toujours comme une ombre. Tu m'as figé dans le temps. Tu marques une limite définitive.

Bien sûr, le temps passera, le temps estompera, viendra un moment où je pourrai respirer sans penser à toi. Mais toujours tu reviendras. Tu étendras les bras, tu ouvriras les yeux, tu souriras et un voile se posera sur tout. Ton voile souriant de disparue.

Petit fantôme qui me hantera toujours, traversera tous les murs, chaque pierre, chaque moment. Qui se tiendra derrière chaque instant, secouant la tête, agitant la main : « *Je ne suis plus là, je ne suis plus là...* » – chaque jour. Divisé en diverses incarnations prosaïques, en fragments de réalité, en reliques familières : endroits, souvenirs, images, objets de piété, stations.

Au Full Moon, les filles avaient fait une collecte pour ta mère, ton fils.

J'avais apporté trois photos de toi, encadrées. Tes photos, ces miroirs arrêtés qui prendraient ta place sur les murs de cet endroit où je t'avais rencontrée.

Je dévidais le sablier des souvenirs.

Je replaçais mes pas dans nos pas auparavant guidés par le hasard, qui maintenant prenaient une allure d'évangile, de pèlerinage. Je passais.

Le Center Appartment des premiers mois. La terrasse du café israélien, en face, où j'aimais prendre un café, à cause de la vue sur la rue. La piscine, derrière le condo, où j'allais nager l'après-midi, quand j'attendais que tu te réveilles et que tu me fasses signe par la fenêtre de la chambre – petite silhouette encadrée sur la façade rose. L'atelier de moto, où nous allions parce que tu leur faisais confiance. La boutique d'or chinois d'un collier. Ton salon de beauté, où je t'avais suppliée de retourner, parce que tu avais changé la couleur de tes cheveux, et que je ne voulais pas que tu changes. Et ça t'avait fait rire.

Le téléphone public devant le Seven, soï Buakhao, où tout avait commencé, une nuit de Noël 2010.

L'hôtel des nuits avec toi et Nuy.

L'hôtel soï 10, la première chambre, la première nuit. En partant, tu m'avais noté ton numéro sur une feuille, déchirée de mon carnet, que j'avais scotchée sur le mur bleu.

J'étais passé devant le Tam Nan, encore fermé à cette heure. Devant le petit restau de pad thaï sur Third Road, « *The best in Pattaya. So tasty!* ».

Je passais. Je saluais notre mémoire heureuse.

Le seul endroit où je n'aurais pas pu aller, c'était l'immeuble où tu avais habité longtemps. L'immeuble de ta chambre jetée à la décharge.

Je n'aurais même pas pu en prendre l'allée.

J'avais déjeuné au marché couvert. La place habituelle pour me garer. La table habituelle pour m'asseoir.

J'étais entré dans ce salon de massage, où nous allions souvent. J'avais pris le petit coussin plat qu'on me tendait, pour le poser sur moi, comme tu faisais. J'étais toi, j'étais moi. Nous étions ensemble. La radio diffusait une version instrumentale du *Yesterday Once More* des Carpenters.

Every Sha-la-la-la
Every Wo-o-wo-o,
Still shines
Every shing-a-ling-a-ling

Tu étais exactement ça.

Ces onomatopées chantantes qui dansaient, qui brillaient, qui disparaissaient. Qui faisaient pleurer. *Yesterday Once More.* « Hier encore une fois ». On voudrait.

Ensuite, il y avait eu *As Tears Go By*, ma chanson préférée du monde.

Puis, *Wish You Were Here* avait déroulé ses arpèges.

Enfin, il y avait eu *Let It Be*.

Ainsi soit-il.

Tu étais là. Tu avais choisi tout ça.

Je voulais croire aux signes, aux correspondances ; je ne voulais plus du hasard du monde.

J'avais laissé un pourboire en partant, le double de l'habituel, comme tu faisais toujours. « *These people work hard* », tu disais.

Dans la rue, je ne pouvais m'empêcher de continuer à regarder les robes, les jupes qui auraient pu te plaire. Cette rouge, courte comme un kilt, semée de brillants sous un croisillon de chaînettes dorées. Une chemisette à carreaux, qui se portait nouée au-dessus du nombril. Ce maillot de bain à motif de drapeau américain.

Partout se levaient des souvenirs, semant la ville d'ombres incohérentes.

Un champ de mines.

Un train fantôme, avec ta silhouette qui flottait, tes mains que je croyais retrouver dans le vent qui passait dans mes cheveux ou caressait ma joue, au détour d'un bloc.

Vivre avec un fantôme c'est savoir qu'on ne vivra plus.

Tu avais vécu 23 ans, 5 mois et 19 jours.

8573 jours.

Tu étais morte étouffée, les bras le long du corps.

Sans bruit.

Tu vivrais et tu mourrais désormais chaque jour.

Je te portais.

Des images tournaient dans la rue, comme dans une lanterne magique. Un parcours entre ruelles réelles et rues remémorées – passages, mirages, halos –, une cartographie pliée et dépliée sous mes pas, dans des crépitations d'ailes cassantes. À moitié dans un rêve, à moitié dans des pages arrachées au souvenir – surfaces réelles / combinatoire / cartes imaginaires / volets friables / images froissées –, tours et dédales dans la chaleur où se superposaient les couches d'autres rencontres, plus anciennes encore.

Un équilibre trébuchant de silhouettes qui défilaient : Sam, Joy, Sara.

Ann.

Comme une joie égorgée au fond d'une forêt.

Prière, passe-passe, miroirs truqués, saudade. Vivre pour voir, dit-il – fuite en avant et chute de mémoire.

Je repliais la gare de bus et l'aéroport.

Je déchirais les trottoirs mouillés, la pluie tiède, les nuits, les îles.

Je rangeais tes sourires disparus. Je repliais les arbres morts, les plaines d'Issan.

Je repliais les plages, les bateaux, les chambres. Les rues vides au matin, avec tes bras autour de moi.

Je rangeais la jeune fille qui me serrait sur l'horizon de la mer.

Une chose est sûre, nous étions.

Je remisais la gamine aux phrases finies trop vite par un fou rire qui volait en éclats comme l'eau d'une vague fouette une digue, aux cheveux qui s'envolaient d'un revers de la main.

Je remisais la petite fille amicale, heureuse, attentive aux plis d'une robe, au goût d'une grenade, au plaisir des garçons.

Une chose est sûre, nous étions l'un pour l'autre.

Comme lorsque deux personnes partagent un secret. Comme lorsque deux personnes sont ensemble et qu'elles seules savent pourquoi.

Une cohorte d'écolières se tenant par les coudes et pouffant s'échappait des grilles, s'égaillant dans la rue, « *Maï bok!* – j'peux pas te dire! », s'étirant sur le trottoir, passant devant les vitrines d'autres uniformes. Sexy. D'infirmières, d'hôtesses, collants résille fendus, les soutiens-gorge de dentelle noire.

Marcher dans la tiédeur des rues. Passer.

Des guirlandes de stephanotis allongeaient sur les murs leur lierre miniature. La fleur préférée de Marilyn, symbole des mariages heureux.

Des couples déambulaient, rentraient.

On avait envie de n'être que ça toute la vie : une porte de chambre qui se referme sur un couple enlacé, souriant, fatigué.

On avait envie de n'être que ça toute la vie : l'enfant qui se détache sur la colline, marche, avec son arc en bandoulière, rêve, se dit des histoires.

Dans un album de famille, mon père m'avait légendé : « Ouh… Ouh… venez à moi orages désirés. » J'avais seize ans. Le *Ouh…* bissé – un peu carnavalesque, emphatique, un peu enfantin –, la suite – orages, etc. – tout était juste.

Il semblait que la paix ne soit pas mon amie.

Sous le maillage des néons, les câbles électriques et les barres des réverbères découpaient le ciel en un nombre infini de trapèzes.

J'avais poussé jusqu'au marché de Naklua, pris un verre devant la mer : la plage grise, les arbres aux troncs ceints d'étoffes safran fané, les rochers uniformes et plats.

Les ombres du soir.

Dans le ciel, des poutres lumineuses descendaient lentement sur l'horizon, découpant les silhouettes sur un fond bleu cobalt.

Le corps sur une croix, comme sur une arbalète. Comme une flèche vers le ciel.

Une nuit lente et racée descendait sur la ville. Balcons,

vélos qui passaient, des gamines en short et des rires en grelot. Des lumières clignotaient doucement dans les arbres.

Un couple local se serrait, assis sur un muret au-dessus de la mer, une jambe dans le vide pour lui, ses jambes à elle autour de lui.

Je nous regardais.

En nous éloignant, le temps ne ferait changer que moi. Ce n'est pas toi que j'oublierais, c'est moi. Mon moi d'aujourd'hui, de ces jours, de ces années.

La ballade d'Ann.

Le soir s'obscurcissait, quelqu'un avait éteint.

Des couteaux tombaient du ciel.

04

Entre les murs noyés d'ombre, tard dans la nuit, Birdy – *No Angel.*

« Je ne suis pas un ange. »

Souviens-toi des choses que tu me disais
Et comme les larmes avaient roulé de mes yeux
Ça n'est pas ma faute
Tu vois ces coquilles d'œufs, brisées
En millions de morceaux éparpillés sur le sol
Je veux te dire que je suis désolé

« *It's not my fault.* »

Ce n'est pas ta faute.

05

Quand on te l'avait dit.

Je pensais toujours à ça – l'effroi, la solitude ; la nuit qui se refermait d'un coup sur ta vie.

Quand tu avais appris.

Compris.

Que ce soit en juillet, avec le bébé, ou plus tôt.

Avais-tu pleuré ? Crié ?

Non, je pense que tu avais acquiescé. Baissé la voix. Pris ta petite voix de politesse, baissé les yeux. Remercié sans doute gentiment, comme toujours.

Et puis, ils étaient sortis de ta chambre, et tu étais restée seule, à penser. C'était le soir peut-être, bientôt la nuit.

Le silence.

Au bout de combien de temps as-tu pu t'endormir ?

Avais-tu au moins une de tes peluches enfantines pour dormir avec toi ?

Tu n'avais jamais rien montré.

Tu n'avais jamais rien dit.

Tu ne m'avais rien dit, en août, semblant croire à ta guérison, me suivant dans mon enthousiasme quand tu prenais deux cents grammes sur la balance du Seven.

Aucune trace. Le même sourire égal, les mêmes gamineries. La même protection.

Tu as fini étouffée, muette, dans tes glaires, les sécrétions de tes poumons.

Une noyade immensément longue et lente.

Tu as aspiré le peu d'air que tu pouvais, pendant des heures, les muscles du cou tendus. Chaque aspiration plus courte, plus difficile que la précédente.

On avait nos petites serviettes mouillées. On serrait tes mains.

Rafraîchir ton front.

Ta peau de plus en plus noire, brûlante. Tes yeux, de plus en plus perdus, tachés de sang.

Tu avais sans doute aussi peur de mourir que de ne pas mourir. Deux peurs également atroces.

Qui a lâché le premier ?

Ton cerveau écrasé, gorgé d'eau ? Ton cœur affolé qui galopait comme celui d'un nouveau-né ?

Ta raison ?

On en a déjà fait des films tristes.

Des films sur des nuits fauves, sur Philadelphie ou sur un garçon formidable.

On n'en fera pas sur toi. Petite sauvage. Loin.

Un risque du métier en quelque sorte – une de perdue, dix mille autour dans lesquelles il n'y a qu'à piocher –, moins une personne qu'une fonction. Avec des risques.

Les pompiers brûlent, les soldats sont abattus, les alpinistes chutent. On pleure les héros.

Ces filles tombent.

Il y en aura d'autres. Des petits jouets. Personne ne dira, ne pensera : « Une héroïne… »

On en a fait des films tristes.

On n'en fera pas sur ta petite vie de fille de la campagne. Ta vie de fille de bar. Ta vie de fille qui prend soin de sa mère, de son fils, de son frère. Ta vie qui tombe à vingt-trois ans.

Ta vie donnée pour des parpaings et des tôles.

Ta fierté.

« *Avant, on n'avait rien, pas même une maison. Maintenant, on en a une, petite, petite… Pour ma mère et les enfants. Grâce à moi. Je suis heureuse.* »

Ton sourire, ton dos, tes dents, ta peau douce, tes jambes, pour des poutres et du béton.

Quand on te l'avait dit.

Quand tu avais compris.

Tes yeux qui rétrécissent en absorbant l'impact. Tes pupilles.

Le souffle coupé.

L'âme qui craque, se fendille.

Ta vie qui explose.

Quand tu avais compris.

Tes yeux.
Tes pensées.
Le silence.

C'est impossible d'imaginer tes yeux à ce moment-là, de t'imaginer scrutant cet abîme, l'eau noire et froide en bas, et ce doigt qui te pousse dans le dos.

C'est impossible d'imaginer tes yeux à ce moment-là.

06

TU M'ACCOMPAGNERAIS.

Un dernier rituel.

L'idée en avait germé dans la journée. Avant, je ne pense pas que j'aurais pu l'imaginer.

Ce ne pouvait être personne que j'aie déjà croisé. Ce ne pouvait pas être Bim, ni Noï ou une fille du soï 6, ni Bank, ni Nuy, bien sûr.

Ce devait être quelqu'un d'inconnu. Neuf. Un moyen. Une passante anonyme, inconsciente de sa fonction.

Une douche. Une cigarette sur le balcon.

Maintenant, le soleil descendait sur l'horizon, incendiant le ciel comme une prière répandue sur la ville dans un saccage d'or et de sang.

Tu m'accompagnerais.

Dans les rues en sarbacane. Les rues d'opérette et de drame. Les couleurs de Babel. Sarabande, fossettes et noces brèves. Quelques syllabes dansantes.

UNE DANSE, dans les heures blanches de la nuit, les rues poudrées de fards et d'éclats de rire – robes qui tournent, tiroirs secrets, miroirs de magicienne –, les Phalanges de la nuit, l'armée de couleur. Talcs pâles de Fantômette vulgaire ou déliée. Bleus des paupières, roses des lumières dans les cheveux. Smala en dégradé de taille. Flux doré.

Des morceaux de vie se frôlaient – morbidité boudeuse et décor foutoir à genoux –, les bustiers enserraient les torses minces, les bras laxes se tordaient, les mains claquaient comme sur des dieux gardés par des dragons.

Des endroits manomètre et peaux réelles.

Les pieds retournés, les mains aux doigts en l'air, les lèvres aux coins recourbés.

Des endroits.

Tu m'emmenais.

LES PASSAGES DE LA NUIT. C'était vieux ? C'était neuf ? Les boucles d'un parcours sous la flèche du temps. Que cherchait-on ? Quelqu'un. Une peau. Une île ? Une épreuve pour toi et moi.

Désarmés. Sans.

On y va.

Je rêvais de toi chaque nuit. Je te voyais, j'étais surpris. Et je disais toujours : « Mais tu sais, tu es morte… » Parfois j'arrivais à sentir un baiser sur mon front, tes joues entre mes mains. Avant d'ouvrir les yeux.

DANS LA VILLE BLESSÉE.

Avant, je savais ce qui allait quand tu posais tes mains sur moi.

Mais maintenant ?

J'avais retrouvé la rue, seul. Oubliée depuis trois années. La vie sur une balançoire.

La roue. Les rues aléatoires. Les filles maquillées au Bic

quatre couleurs – langues qui sonnent, cris : « *Prem's! Love you!* » Une nuit de crapauds, de chien crevé, de sirènes aux regards d'huître ou d'ange.

Tu me guidais.

Rompre le charme. Semer Dieu et son malheur, pour ce soir. Ce « Dieu jaloux », d'Emily Dickinson.

> *Qui ne supporte pas de voir*
> *Qu'au lieu de jouer avec lui nous préférons*
> *Jouer les uns avec les autres.*

TE CHERCHER.

Fredonner et claquer des dents.

Suivre cette phrase qui m'avait souvent guidé : « *Puisque toutes ces choses nous dépassent, feignons d'en être les organisateurs.* »

Clic/Flash : visages, Carambar et marelle. Un jeu. On saute sur un pied.

Clic : le ciseau des doigts en V devant leur bouche en O.

Flash : chaos, le ciel noir comme le fond d'un océan.

Flash :

VOULOIR TE RETROUVER DANS LE CORPS D'UNE AUTRE. Shéhérazade ou Peau d'âne.

Croire, en fermant les yeux, serrer ton ombre quelques secondes.

TU M'EMMENAIS.

Tu parlais : « Tourne à droite, oui, là. Stop. Monte cet escalier, avance. Celle-là ne te parlera pas, mais là-bas… »

… là-bas, un coin de bars… certains, pétés… de loin hélé, je m'étais retourné sur l'image du *Nighthawks* de Hopper… trois ou quatre femmes serrées dans la lumière qui tombait sur l'angle d'un comptoir… et sur un tabouret, il y avait cette frêle silhouette assise en tailleur… une taille d'enfant, les épaules découpées par l'ombre… une moue différente de toi… plus gavroche… qui s'était tout de suite mise contre moi… ongles ébréchés vernis blanc satin… grâce cancre…

Tu parlais. Quand elle avait dit : « *Pah ?…* », comme toi – le : « on y va ? » d'Issan –, j'avais su que tu disais oui… Mydriase – n. f. *dilatation des pupilles.*

DANS LA VILLE IMAGINAIRE, redescendre avec ton impossible copie. Dans la rue, son visage : méplats, courbes, boucles des lèvres, tes cheveux jusqu'aux reins, « se tenant à mon bras par son bras de princesse tatouée, ex-girlfriend de Salinger, surdouée anorexique », et devant nous la nuit.

Une chaise, un lit.

DANS LA VILLE ASSASSINE, elle s'était déshabillée sous un miroir piqué au plafond. Le triangle de soie renversé au milieu de son corps, quand elle avait quitté sa robe.

Tu te taisais.

Quand elle avait ouvert les bras, j'avais fermé les yeux. Son front, sa bouche, descendre sur ton cou, le creux de tes épaules, descendre – comme sur la carte en relief d'un pays perdu – descendre.

Elle m'avait accepté, accueilli.

Recueilli.

Savait la consolation, sans vouloir savoir pourquoi.

Ensuite elle était restée un moment, à jouer sur son portable. Très belle dans le miroir au plafond, en petite épave retombée, comme prise dans le plissé d'une dalle de marbre blanc. Allongée sur le ventre, le relief de son corps découpé par les néons de la rue affleurant sur le drap froissé ; se retournant parfois dans la lumière de l'écran qui bleutait son visage, pour piquer un baiser ou caresser ma joue, distraitement, sans quitter son jeu des yeux. Un ruban de velours à son poignet.

Je l'avais ramenée.

On avait continué. Tu disais : encore.

Avancer.

Trouver quelqu'un qui ne te ressemble pas.

On avait continué.

J'étais entré, puis sorti de l'iBar, trop pro – « *Hi-so* », tu avais dit. J'avais suivi de grandes allées bruyantes entre des bars bondés, pour arriver aux billards. On avait joué là, avec Fon, Mookie, tant d'autres encore vivantes.

J'étais resté un moment à regarder la pulsation des vagues en contrebas dans la nuit.

Tu étais avec moi. « *Je suis là.* » J'avais fait tant de choses avec toi. Tu m'en montrais encore. Comme le fait de pouvoir respirer sans toi.

Tu roulais avec moi.

Dans les rues, je sentais ton poids infime de petit fantôme dans ma poitrine.

Je t'avais suivie loin. Je t'avais suivie tard.

J'étais monté au B4, où tu avais dansé et qui avait changé de nom. Le cadre vide de ta disparition. Quelques filles caricaturales. C'était vide. La fin d'un film bleuté passait sur des écrans. Angelina Jolie pleurait dans le short de Lara Croft.

DANS LA VILLE INUTILE.

Elle était au fond.

Tu l'avais fait apparaître, à la droite de la salle, à une table, princesse saoule et déchue, son front entre ses mains. Seule et désespérée, peut-être un peu plus que les autres. Des boucles en cœur à ses oreilles, ses cheveux ondulés. Des larmes, comme de la neige fondue, roulaient sur ses joues.

Fatiguée, fragile.

Tu m'avais poussé pour lui parler. Lui faire relever la tête. La maigreur de ses bras, les piqûres.

Ça fermait bientôt. Dans la nuit, sa voix cassée disait des mots trébuchants, comme un chant venu de très loin. Je regardais de la fumée et des mots sortir de sa bouche.

L'A, B, C de quelque chose, toujours, c'était elles.

Koï venait de Surin.

Elle avait le même sac Kitty que toi.

Plus tard, dans la nuit, endormie, tournée sur le côté, elle passerait sa jambe pliée sur la mienne, comme tu faisais.

L'heure.

L'alcool.

Zubrowka, des olives, tequila, monologue ; elle parlait, les lèvres gonflées. Cette nuit-là, galopaient des chevaux sauvages dans ses yeux, comme des envies de mourir ou de finir.

Je partageais la même envie.

Dormir.

Dans la pénombre de la chambre, je l'avais déshabillée en la prenant dans mes bras, comme on déshabille une accidentée. Sa joue sur mon épaule, ses cheveux sur ma joue. Le contact doux et frais de sa peau, comme un engourdissement façon novocaïne, en plus fort, agréablement létal.

La nuit.

Son sourire, au matin, et sa voix enrouée.

Il restait deux jours.

Il y aurait deux filles chaque nuit.

~~Il fallait beaucoup de corps pour te remplacer / t'imiter / t'effacer~~ – rien de ça, je ne sais pas.

Le deuxième soir, j'avais tourné partout. Je montais. J'entrais. Je sortais. Te suivais.

DANS LA VILLE TRANSPARENTE, j'avais croisé cette fille derrière un comptoir, qui te ressemblait, les traits plus réguliers, mais sans ton éclat, et qui ne m'avait pas jeté un regard.

Une autre dans un go-go – la peau très douce, sinueuse, chinoise, très maquillée. Elle portait seulement des cuissardes qui gainaient ses cuisses et un appareil dentaire qu'elle se proposait d'enlever pour m'embrasser. Elle s'était cassé une canine en décapsulant une bière.

Il pleuvait. J'avais sans cesse envie de rentrer.

Tu me disais de continuer.

DANS LA VILLE SANS ÉTOILE, je ne choisissais rien. J'avais trouvé Naï et Ning au Sapphire.

DANS LA VILLE DE HASARD, on avait été partout. J'avais dépensé mille fois trop. Retiré trois fois de l'argent.

C'était ta fête, qu'elle n'ait pas de fin. IBar, l'Insomnia, Lucifer, le Pier, je ne sais plus.

Dans la lumière, tu dansais entre nous, tu parlais avec elles, ravies, heureuses, souriant aux éclats. Je retrouvais tes gestes, tes expressions chez chacune d'elles. Les cils longs, les nuques brunes, les pommettes. Il y avait des morceaux de toi vivante, partout autour de moi, des morceaux de toi vivante, qui se jetaient sur moi. C'était gai. C'était triste. C'était l'anniversaire de ta dernière nuit.

Une semaine.

Ça ressemblait à nos sorties des premiers temps. Pas d'heures. La vie. Ça passait des chansons que tu connaissais. Des billets s'envolaient dans la nuit, sous les rires des filles, leur plaisir, les lasers. Un joli feu d'artifice pour toi. Un « *demain n'existe pas* » en hommage à ta légèreté – dire oui à tout, ce soir, au milieu d'ombres énervées qui se pressaient dans la nuit. Des pastilles de lumière tombaient sur une mer de bras levés, de visages renversés, de cheveux collés aux épaules. Les paillettes et le péché, la joie – une joie amère et contagieuse. Des voix aiguës, toujours plus hautes, montaient vers une stratosphère de poutrelles métalliques. Des étincelles tournaient dans tous les yeux. Ça avait duré toute la nuit. J'étais content que ce soit n'importe quoi. Du vent, des verres. Du bruit. Avoir le courage de faire des choses stupides. Je savais trop qu'il n'y avait pas de demain.

DANS LA VILLE MORTE, tenir, grimper. Avec l'insouciance des funambules. Monter plus haut sur une échelle dont quelqu'un, un à un, a retiré tous les barreaux. Se retrouver échassier, loin dans l'espace. Un bâton dans chaque main. Lâcher tout pour jongler, les yeux trempés, les bras vides, des marteaux dans le cœur qui écrasent le souffle sur un rythme de plus en plus rapide. J'avais eu la chance de croiser une

Martienne, qu'est-ce qui pouvait m'inquiéter ? Ta mort avait ouvert une porte qui ne se refermerait jamais. Qu'est-ce qui pouvait me concerner maintenant, à part un genre de brûlure ? Boire des cocktails noirs comme de l'encre. Le bruit des glaçons, comme le tintement d'une chaîne qui tombe au fond de la mer. Les regarder danser, éclatées. Aimer leur habitude des hommes, leur fatigue.

On avait laissé Naï. DANS LA VILLE SILENCIEUSE, j'étais rentré à pied avec Ning accrochée à mon bras dans l'étirement pâle du jour qui montait. Souple et blottie, petite, légère, dans les crissements des graviers sous ses talons. Comme le bruit d'un sourire au matin, de cette espèce humaine fragile, partagée, et d'une immense tendresse pour tout ce qui est au fond, enfoui. La peur, la maladresse, l'abandon. L'aube.

07

En entrant dans la chambre, elle avait vu ta robe posée sur le fauteuil. Elle t'avait vue, assise au bord du lit : « souriante et pleurant », elle avait dit.

On avait parlé longtemps, j'avais raconté.

Elle te voyait près de nous, dans la chambre – me demandant toujours si je la croyais : « *You believe me?* »

Je croyais tous ceux qui pouvaient te faire revivre.

Elle avait voulu voir tes photos. Toi gaie. Toi triste. Ta maison. Les films où tu dansais. Elle avait voulu voir ta mère, ton fils. Les chambres où nous avions vécu. Le chedi. Tes amies. Ta vie défilait.

Je te regardais sourire sur l'écran.

Elle avait lu le cahier où tu notais ta maladie, les prises de médicaments.

Elle avait tenu ta robe de petite morte, la peau hérissée sur ses bras.

Ta robe la plus silencieuse, la dernière, quand toutes les autres étaient si bavardes et si gaies. Cette robe dans laquelle tu avais fermé les yeux pour la dernière fois.

Elle avait respiré le parfum de ton gilet qui accompagnait mes nuits.

Elle l'avait respiré comme tu l'aurais fait.

Avec cette forme particulière d'amour et de délicatesse, propre aux filles qui se vendent, faite de grande attention maternelle et de sentimentalité de petite fille.

Elle avait téléphoné longuement à sa mère, qui lui avait dit que nous devions aller au temple, demain.

En raccrochant, elle avait dit : « *No sex. Cannot* », qu'elle ne pouvait pas. Assise au milieu du lit, pinçant le bord du drap.

Il était 5 h.

La lumière l'éclairait doucement.

J'avais dit oui, je comprenais. Elle était si sérieuse.

Dans le lit, elle s'était mise dans mes bras.

Dans le lit, il y avait des fragments de charbon, un fatras de tubes transparents, des cathéters. Les yeux de ton fils, tes osselets si petits. Des vers à soie jaune d'or, des chaînes. Il y avait ta joie disparue, l'écho de ton rire et un chien écrasé. Il y avait tes ongles décorés pour mon anniversaire, le tatouage minuscule tout en bas de ton ventre. Le ciment mouillé de la salle de bains, où je t'avais tenue pour la dernière fois, des photos du bonheur, des bracelets de verre, un bébé mort, des galets de Samet, tes yeux verts de la fin…

Le tapis de verre pilé d'un fakir.

Et tout s'était fondu.

On avait fini ensemble. Avec ses gémissements. Mon émotion. Les corps blottis.

Il y avait ta voix.

Je te revoyais, allongée devant ta maison. Je revoyais tes mains attachées.

Tu étais dans sa tête, sûrement, dans la mienne – souriant et pleurant. Son corps s'emboîtait, ses épaules sous les miennes, ton front mouillé dans le creux de mon cou. J'étais rempli par ton parfum doux et retrouvé. Je t'entendais murmurer. Mes doigts sur ses joues, dans tes cheveux.

La nuit dévorait son visage.

N'être plus que peau et nerfs, et mouvements encastrés. Deux âmes glissantes. Lisses. Sans accrocs. Sans pensées. Nefs neuves aimantées, comme des fils dénudés, les mêmes crépitements. Dans la nuit elle chuchotait, espérait l'espace et le ciel renversé. Les battements de ton cœur. S'enfoncer pour glisser au profond, s'effacer, disparaître dans l'autre.

Il y avait tes yeux.

Se pardonner, parce qu'il n'y avait pas de choix.

Souriant et pleurant.

La caresser. Te perdre. La voler.

J'avais émergé vers midi dans la grande chambre vide. Elle avait laissé son numéro, un mot :

« *See you in temple. Jub jub.* »

Elle écrivait les B avec la barre penchée, ça faisait des cœurs.

08

En début d'après-midi, elles étaient arrivées sous un petit parapluie transparent. Gaies, douchées de frais. Des sacs au bras, avec des fleurs, du riz qu'elles avaient préparé, de l'eau, de l'encens.

Tu me les avais envoyées.

Deux filles de go-go, que je ne connaissais pas la veille, prenaient soin.

Les offrandes sur les plateaux. Nos mains jointes. Elles me guidaient, comme toi. Les bougies jaunes. L'encens. Les billets glissés dans les urnes. J'avais secoué le sabot des divinations, la flèche dix-sept avait chu. Le petit horoscope au mur parlait de projets contrariés et de chance à venir. D'ossements. De patience. Ning avait écrit un mot. Moi aussi. On nous avait aspergés d'eau.

En sortant, la pluie tombait toujours.

Dans la cour, une fillette vendait des nœuds de civelles dans des bassines, des anguilles dans des sacs pendus. On avait libéré des oiseaux, à l'abri sous un arbre pour qu'ils ne se mouillent pas. Ils s'étaient perchés au-dessus de nos têtes après un vol hésitant vers toi, là-haut. Six yeux, trois becs, les pattes cramponnées sur une branche élevée.

On avait lancé des pièces vers le bouddha assis en tailleur en haut du stupa noir. J'avais réussi du premier coup.

On avait tourné en frappant avec des bâtons les quatre-vingt-dix-neuf cloches du portique qui l'entourait, dans un concert joyeux.

Je refaisais tout ce que je t'avais vue faire la première fois que nous étions venus ici. J'avais toujours ces images de toi, scintillante, sautant sur place, recommençant ton lancer dix fois en riant, courant après ta pièce qui roulait n'importe où. Il y avait du soleil ce jour-là. Tu portais une robe à carreaux noirs et blancs.

Aujourd'hui, il pleuvait, ce n'était pas la même gaieté, mais tu m'avais envoyé deux anges gardiens.

On était sortis.

Dans la rue, le parapluie trop petit tanguait. La pluie roulait sur leurs cheveux. Une promenade, blottis, posant chacune une main sur mon épaule, pour enjamber les flaques.

Je devinais ton sourire, ta voix : « *Baby, qu'est-ce que tu veux de plus ?* »

On avait mangé au marché, tout proche, sous des bâches trop basses. Les assiettes en plastique disposées avec soin, trois bouteilles d'eau, des pailles. Leur pépiement. Leurs exclamations qui montaient dans l'aigu, ponctuant leurs phrases de syllabes chantantes, dans leur langue de chat. Je te retrouvais dans leurs expressions.

Sur le trottoir, on s'était quittés d'un signe de la main. « *Paï naï ?* » – tu vas où ?

Dans la chambre, raconter.

Vous raconter. Noter vos vies, vite, pour ne rien oublier. Pour qu'on sache.

Deux filles de bar étaient parties, bras dessus, bras dessous, sous le parapluie qui dansait avec leurs talons dans les flaques.

Tu prenais toujours soin de moi.

J'avais pris un café, soï Diana.

Des collégiennes, en uniforme vert de scout, sortaient de l'école en se donnant la main, leurs jupes se balançant.

J'avais reçu un appel de mes deux anges gardiens : « Est-ce que ça va ? Est-ce que tu passeras ce soir ? »

Un soleil pâle perçait.

La petite carriole qui vendait des lanières de bœuf grillé et du riz collant était toujours là, au bout de ces marches où on s'était souvent assis dans la nuit. Tu avais été là, sur ces marches. Tu n'y serais plus.

Ce qui avait été était parfait.

Les endroits parfaits. Les heures parfaites. Toi parfaite. La fin faisait partie de notre histoire. Tu m'avais tout montré, puis tu t'étais effacée. Sans doute parce que tout avait été dit, fait. Une chanson montait d'une voiture arrêtée devant le Family Mart. Une chanson qui parlait d'une fille du Nord, qui s'en allait.

Je devais continuer, avec ton fantôme derrière mes yeux. La gorge nouée, souvent. Tu serais toujours là quand j'aurais besoin. J'aurais pu pleurer juste en pensant ça : tu serais toujours là.

Je t'avais toujours fait confiance. Je continuerais. Tu étais partie, mais tu m'avais offert ta ville, ton village.

Ce pays.

Ici, tous me disaient te sentir à côté de moi, en me montrant la peau de leur bras, qui se hérissait. Tous me disaient te voir près de moi.

Je te parlais souvent à haute voix, dans la chambre, la lumière allumée ou éteinte. Ça pouvait sembler étrange, mais tant de choses étaient étranges.

Je partais demain.

Les yeux piquaient à chaque évocation, à chaque phrase que tu avais dite, qui me revenait en mémoire. « *Love you too. Love you three, love you four…* » C'était un adieu de plus. Je ne serais plus entouré de ce qui était ton monde.

Notre monde : « *Life on Mars.* »

Petit fantôme.

L'après-midi, j'avais photographié des portes fermées, des façades d'hôtels où nous avions vécu, des condos.

Sillonné la ville.

L'étranger avec ses yeux mouillés, dans les rues. Il sait qu'il part. Que rien n'est retrouvable.

320 jours au-dessus de la terre.

320 jours comme une traînée de poudre. Un feu d'artifice.

Tu m'avais tout fait : Faye Dunaway, la chambre de passe, la prison, le yaba, le Hilton. Les bénédictions dans les temples, les îles, ta jungle.

Tu m'avais tout joué : l'infirmière, l'écolière, le tomboy, la maman, le garçon. Melody Nelson, Audrey Hepburn et Baby Doll.

La morte pour finir.

J'avais été te chercher à la campagne, au tribunal, à l'hôpital, dans ta maison de tôles. Dans un tas de charbon.

Tu avais été enceinte.

Tu avais pris des somnifères, pour que je te prenne dans ton sommeil. Tu chantais dans la chambre. Tu dansais dans la rue.

J'aimais tout.

Même ton humour de bar, quand aux clients qui demandaient s'il y avait un billard, tu répondais : « *Yes, in rooms. I have hole, you have balls* – et de rire. *So funny!* »

Nous n'aurons pas de petite fille qui te ressemble. « *Little dolly Ann.* »

Il allait pleuvoir. Le ciel se couvrait.

J'allais partir.

Il restait une nuit, la dernière.

La dernière nuit, je voulais continuer. Porter ton deuil à travers d'autres.

J'étais passé dire au revoir à tes amies du Full Moon. À tes photos sur le mur.

Après : Candy Shop, Windmill, soï LK, les bars au nord, Walking Street. J'avais été partout. La dernière nuit n'avait été qu'errance / échecs / déceptions. Un labyrinthe.

Elles avaient ton visage, mais ne me calculaient pas. Ou, je voulais, mais finalement elle ne voulait plus. Au Lucifer, une avait ta silhouette, mais quand elle s'était retournée c'était une maman fatiguée. Je lui avais offert un verre.

Je te suivais / j'écoutais.

Au Sapphire, mes anges gardiens étaient partis. J'avais suivi ta voix, qui partout menait à des impasses, mauvais rendez-vous, refus. La nuit projetait mon ombre sur les trottoirs.

Je ne reconnaissais rien.

Un monde sans issue. Une nuit de ratages et de cendres / faux départ / blessures / excuses / indifférence. J'insistais.

Dans la ville morte, j'étais revenu sur le passé, Bank, Bim, d'autres – mais le passé n'en avait rien à foutre. « *Why you come to see me ?* » Ce soir-là, toutes avaient des visages que je ne reconnaissais pas.

La dernière nuit, tu avais tout fait échouer.

J'étais rentré épuisé, dévasté, hystérique.

À bout de forces. Je t'avais engueulée à haute voix dans la chambre allumée.

Je t'avais toujours suivie, écoutée. Fait confiance.

Il ne restait plus rien.

Tu avais tout emmené.

Tout pris.

Je détestais ce pays, je haïssais cette ville.

Tout était faux.

Et puis, j'avais compris.

LA DERNIÈRE NUIT ÉTAIT POUR TOI.

Et ta voix dans la chambre avait dit : oui.

Tout s'était apaisé.

J'avais écrasé ma centième cigarette de la soirée. Ouvert la baie pour faire entrer l'air de la nuit.

Éteint.

J'avais senti quelque chose me saisir doucement le poignet,

le serrer comme cette nuit à l'hôpital, la dernière où tu t'étais réveillée.

Tu m'avais fait asseoir.

Dans le noir, ta voix me parlait. Ta petite voix de « What are you doing, baby ? ». *Ta voix qui prenait soin.*

Sur l'écran de la nuit au-dessus de la ville, ton visage prenait forme. Tes yeux s'étaient ouverts, tes lèvres avaient bougé :

— Baby, tu te souviens ?

— Je me souviens de tout.

— Cette chanson que tu passais souvent. Cette chanson que tu aimais.

Des grains de poussière tombaient de ton visage. Des grains de poussière, comme de la neige.

Dans la nuit, ta voix avait chantonné.

— We can be heroes. Just for one day.

Je t'avais répondu.

— We can be us.

Tu avais murmuré :

— Just for one day.

Ton visage frissonnait sur le fond noir, la neige tombait et maintenant j'étais dehors.

— Je t'aime, *ma voix s'était cassée*, je n'ai jamais aimé quelqu'un comme toi.

— Moi non plus… Maintenant nous le savons et nous le saurons toujours.

Devant moi, s'étendaient la nuit et la ville allumée. J'étais sur le balcon, regardant sur le sol les gouttes brillantes qui tombaient entre mes pieds, coulaient de mon visage. Les bras le long du corps. Défiguré.

Les lumières palpitaient.

La ville.

La ville, à présent, semblait s'élever dans la nuit, déployant ses lumières ruisselantes et mouillées. Les néons ondulaient comme des flammes. Il y avait eu un mouvement dans la rue. Une petite fille courait en faisant voler ses cheveux bleus ; une petite fille en robe de voile, qui agitait la main, encadrée par le scintillement des lumières de la ville qui montait dans le ciel, grandissait, se courbait, s'écartait pour lui ouvrir un chemin, dépliant ses bras de mille cubes, de maisons, d'immeubles, de ruelles pour la saluer.

Ses yeux noirs me regardaient. Le front argenté de pluie, les pommettes. Sa bouche s'ouvrait, paraissait dire des mots que je n'entendais plus, c'était trop loin. Le ciel devenait blanc. La ville avait disparu.

Il n'y avait plus que du sable. Un Gange de sable, le long de ghats immenses. Des bateaux aux quilles ensablées.

Des chiens.

La petite fille était assise au bord des marches, au-dessus du fleuve, un genou remonté sous son menton.

Une lune immense, comme une hostie, montait dans le ciel.

La musique jaillissait.

Cette musique des derniers jours, si triste, qui se suspendait à la fin.

Ton parfum flottait dans la chambre.

Il n'y avait plus rien à dire.

J'avais sorti du sac le cardigan orangé, avec ses poches devant où tu aimais ranger tes mains.

09

Taxi.

Dernière traversée de la ville. Des larmes silencieuses. Pas les mêmes que d'habitude. Plus acides. Plus définitives.

Plus éternelles.

Je pensais que tu étais indestructible. Hors de portée de quoi que ce soit. Je ne laisse que tes cendres derrière moi, dans un petit monument rose et blanc, à l'ombre d'un temple, près de la maison où tu es née.

Je prends un avion.

Quand je reviendrai, tu ne m'attendras pas dans le hall, en robe fleurie, ta petite tête penchée surgissant de derrière un poteau, tes yeux qui brillent, ta main qui s'agite. Quand je reviendrai, tu seras déjà avec moi, en moi, petit fantôme invisible, mais si présent. Si légère et si lourde à porter. Une croix. La croix nouée de tes bras, mon Jésus. Baby.

Qu'est-ce qui nous est arrivé ?

L'avion aura deux heures de retard, comme un peu de temps en plus chez toi, avant le ciel, la nuit, les lumières en bas.

J'ai perdu ma boussole, celle qui rendait le monde supportable, celle qui faisait le monde beau et doux.

L'inespérée.

Je te dédie chaque cigarette, à côté du ballet des taxis qui déposent et repartent. Je te dédierai toujours tout. Moi vivant, toi morte. Moi mort aussi. Toi vivante déjà, j'espère, au chaud dans un ventre aimant qui répare l'hôpital, ton calvaire. Qui te protège, toi qui as protégé la terre entière : ta mère, ton fils, ton frère. Moi. Et tous ces grands malheureux que j'ai vus débouler au bar, incrédules, avec les mêmes mots : « *Si vivante. Si drôle. Si gentille… Elle était la vie… Si gaie…* » Ces grands tristes inconsolables, prêts à faire douze heures de bus pour aller te saluer sous la forme d'une pierre creuse où reposent quelques os, ce qui reste de toi. Qui les embrasseraient, s'ils pouvaient. Qui offriront de l'argent à ta famille, sans vouloir être remerciés. Qui te retrouveront dans le visage de ton fils. Qui verront le lit, la cuisine. Cette maison que tu as fait construire avec leur argent. Avec ton travail. Ce cercle. Ces quelques étrangers venus des quatre coins du monde se recueillir sous le soleil brûlant, le ciel vide et pur. Ces quelques étrangers venus se perdre dans ce petit bout d'Issan pauvre. Qui pleureront.

Pour la première fois, tu as quitté ton pays.

Pousser un chariot. La clim, les contrôles.

Un jour, je pensais passer ces contrôles avec toi. Thaï Passport/Foreign Passport. Te voir déambuler dans ce hall carrelé sous ces plafonds immenses, au milieu des boutiques de luxe. Te montrer chez moi, Paris en touriste ou les montagnes des étés de mon enfance, ou mes enfants qui t'ont pleurée.

Tu ne sentiras jamais les doigts de la neige sur tes joues. Tu ne verras pas tes amies se marier, tu ne verras pas grandir ton fils. Tu ne souffriras pas de la mort de ta mère ni de la mienne. Tu ne verras pas ton visage se défaire. Tu resteras parfaite.

Il y a longtemps que je me fous de tout. Que je me sens comme une barque au milieu de l'océan, qui prend l'eau doucement. Mais il y avait ton île quelque part. L'abri de tes bras.

Je suis sur la dernière page du cahier.

Ce cahier de ta fin. Ce cahier qui commençait par : « *Il s'agissait de tuer la femme que j'aimais.* »

Je pars.

Hall d'embarquement 5, pour moi. Pour toi, je ne sais pas. J'espère désespérément que nos vols se recroiseront un jour.

On volait bien ensemble.

On a volé si vite.

Je bénis cet ami qui m'avait dit de regarder du côté gauche de la rue. Ce côté où je ne regardais jamais : « Si ça se trouve, elle est là. »

Tu étais là.

Maintenant, de quelque côté que je regarde, je ne te vois plus. Je ne te vois que lorsque je ferme les yeux.

J'espère que tu viendras me voir dans mes rêves. Un peu. Ce sera déjà ça. Je crois aux rêves. C'est comme ça que je t'ai rencontrée. Il y avait si peu de chances que ça arrive. Si loin dans l'espace. Si loin dans le temps. La plus étrangère et la plus proche. La plus sœur.

La plus fidèle, paradoxalement.

Ils ont rajouté une heure de retard. Tu ne veux pas que je parte. Les petits fantômes comme toi ça doit savoir retarder les avions.

Pour la première fois, je quitte un pays vide. Je me raccroche à des images, des histoires. Notre histoire. Je vais t'écrire dans les mois qui viennent. Écrire toi. À l'imparfait. Ce temps circulaire, éternel, qui revient sur lui-même. Le temps du tableau, de l'icône.

C'est la seule chose que j'aie un peu envie de faire. Pour rester avec toi, dans la mémoire de notre courte vie ensemble.

Je sais que tu es mieux là où tu es, mais moi j'étais bien avec toi.

Je ne pense pas que je ferai l'effort d'arrêter de fumer, parce que maintenant je m'en fous.

Je ne pars pas.

Quelqu'un part mais ce n'est pas moi.

Quelqu'un marche, avance dans la file, tend son passeport. Quelqu'un part mais ce n'est pas moi, ce qui est moi reste ici. Ce qui est moi erre ici pour toujours dans les couloirs vides de l'hôpital de Surin. Ce qui est moi veille chaque nuit près de toi clouée sur un lit. Ce qui est moi se réveille chaque nuit pour te trouver brûlante de fièvre, suffoquant désespérément. Ce qui est moi te porte pour toujours dans ses bras mouillés, pour t'étendre sur ce matelas, te recouvrir d'une couverture. Ce qui est moi te regarde pour toujours entrer dans un four et monter en fumée au-dessus de la forêt. Ce qui est moi repose dans la décharge où ont été jetées toutes les affaires de ta chambre. Ce qui est moi roule à jamais sur une route sans fin, en te portant dans une petite urne d'or.

Ce qui est moi monte la garde jour et nuit au pied de ton chedi.

Je suis dans chaque jour passé ensemble, dans tes bavardages. Tes mimiques. Tes rires. Ton amour si facile.

Tu étais si légère.

Kitty a perdu sa meilleure amie.

Ann, aux racines si longues.

Je ne pouvais pas deviner l'importance que tu prendrais. Je te porte en moi comme une femme enceinte de quelqu'un qui ne naîtra jamais.

La mort est un mot qui ne s'arrête jamais.

Je resterai pour toujours accroché à cette seconde où tu as cessé de vivre.

Gardien de phare. Exil. Bannissement éternel.

L'hiver est là.

Je m'habituerai, je sais. Je ne m'habituerai jamais, je sais.

Il était une fois les années Ann…

Il était une fois ta claire fontaine où je me suis reposé, où je me suis baigné. Jamais je ne t'oublierai.

Tu m'as laissé seul sur un radeau de souvenirs. Des souvenirs qui deviendront des icônes, des chapelles, maintenant que tu ne seras plus que du papier sur des murs, un chiffon dans la nuit.

Prière pour un chiffon, une robe.

On l'avait achetée. Je t'avais vue la porter. Je l'avais vue danser avec toi dedans, vivante. Je vous avais serrées dans mes bras.

Maintenant elle reste seule, vide.

Tu m'as laissé seul sur un radeau de souvenirs.

Je t'en veux de ça ? Oui, bien sûr.

Non, bien sûr.

J'en veux à la terre entière et pour toujours.

Petite Ann.

Comment fait-on quand tout a disparu, mais qu'on est encore là ?

Tu reposes maintenant dans le jardin du temple de Samrong Thap. Il y a de l'ombre, un vent tiède, des chants d'oiseaux. Du silence.

Le sommet de ton chedi donne sur la cour d'une école, un toboggan et des jeux colorés, près d'un lac aux eaux peignées par les branches basses d'arbres agenouillés.

Ann.

Je suis content que quelqu'un t'ait autant regardée et que ce quelqu'un ce soit moi.

Je me souviendrai toujours de toi comme de cette fille qui m'aura fait ce cadeau rare d'être aimé sans fin. Ce cadeau d'ordinaire réservé aux enfants.

Petite Ann.

Je me souviendrai toujours de toi comme d'une fille qui savait tout danser.

Ann, petit fantôme aux mains dans les poches.

PAO : Dominique Guillaumin, Paris.
Achevé d'imprimer
sur Roto-Page
par l'Imprimerie Floch
à Mayenne, le 13 mars 2015.
Dépôt légal : mars 2015.
Numéro d'imprimeur : 88189.

ISBN 978-2-07-014873-8 / Imprimé en France.

280856